书・美好生活
Book & Life

书，当然要每日读。

她们何以不同

52个生活之问

梁永安 著

北京时代华文书局

图书在版编目（CIP）数据

她们何以不同：52个生活之问 / 梁永安著. -- 北京：北京时代华文书局，2024.6（2025.10重印）

ISBN 978-7-5699-5481-4

Ⅰ.①她… Ⅱ.①梁… Ⅲ.①散文集－中国－当代 Ⅳ.①I267

中国国家版本馆CIP数据核字（2024）第088708号

Tamen Heyi Butong：52 Ge Shenghuo zhi Wen

出 版 人：	陈 涛
选题策划：	陈丽杰
责任编辑：	袁思远
执行编辑：	徐小凤
特约编辑：	韦 娜
责任校对：	陈冬梅
装帧设计：	程 慧 段文辉
内文插画：	茫 茫
责任印制：	刘 银

出版发行：北京时代华文书局 http://www.bjsdsj.com.cn
　　　　　北京市东城区安定门外大街138号皇城国际大厦A座8层
　　　　　邮编：100011　电话：010-64263661　64261528

印　　刷：三河市嘉科万达彩色印刷有限公司
开　　本：880 mm×1230 mm　1/32　　成品尺寸：140 mm×210 mm
印　　张：9.5　　　　　　　　　　　　字　　数：135千字
版　　次：2024年6月第1版　　　　　　印　　次：2025年10月第20次印刷
定　　价：59.90元

版权所有，侵权必究
本书如有印刷、装订等质量问题，本社负责调换，电话：010-64267955。

我放下茶杯，转向我的内心。只有我的心才能发现事实真相。可是如何寻找？我毫无把握，总觉得力有不逮；这颗心既是探索者，又是它应该探索的场地，而它使尽浑身解数都将无济于事。探索又不仅仅是探索；还得创造。这颗心灵面临着某些还不存在的事物，只有它才能使这些事物成为现实，只有它才能将这些事物带到日光之下。

——普鲁斯特

在这个既简单又复杂的时代，最需要打破黑白对立的粗暴观念，以建设性的全向度思维看世界、看人生。

一本本书，可以让世界广大，让人深情，让人真正拥抱万物有灵的大地。通过阅读，我们可以走入更精微广阔的世界。

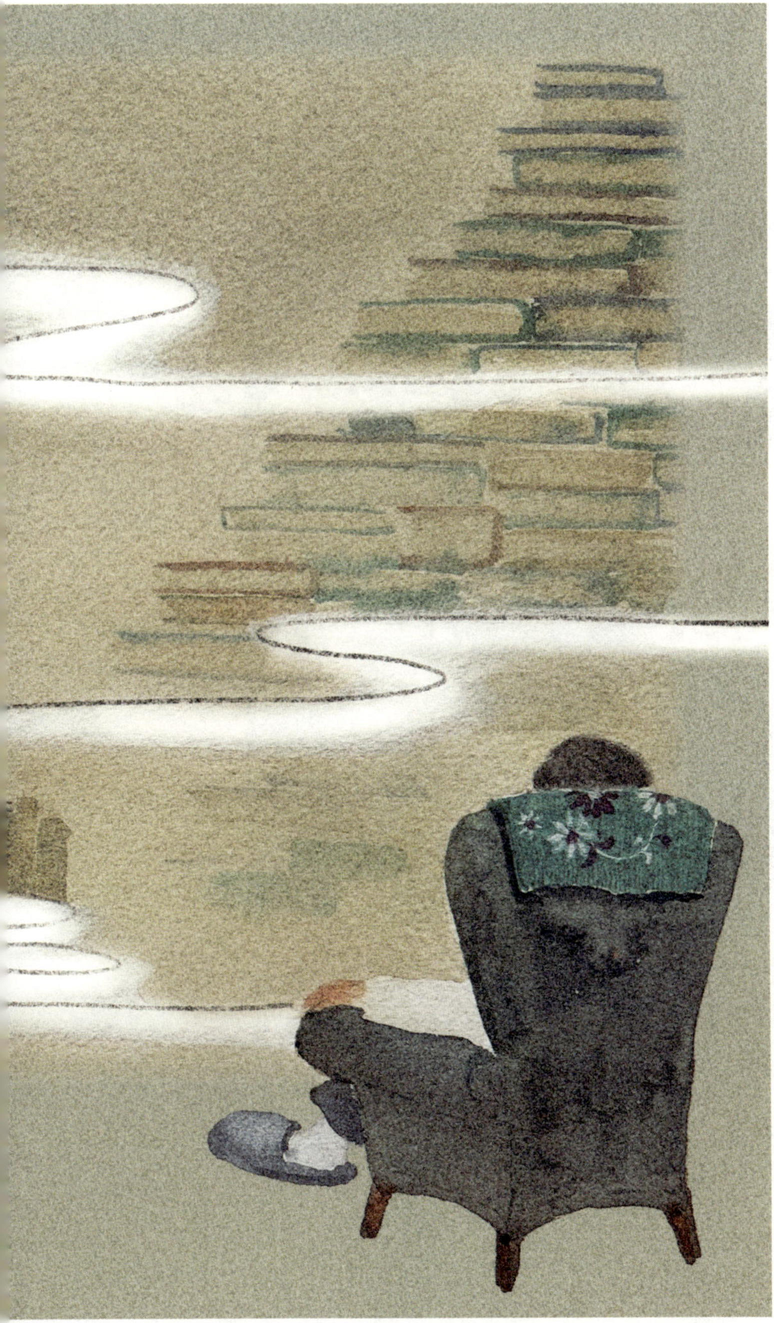

每个人都要具备一种向日葵性格。因为在黑暗里只能看见黑暗，要像向日葵一样向着光，绽放出自己最强大的生命力。

差别社会，是多元的，每个人都有自己的选择。拥抱这个世界的多元。

一个人要有点儿农夫的气质，信奉长期主义；还要有水手精神，像哥伦布一样面向大海、探索未知。

CONTENTS
目 录

001... 序言 AI时代的我们,如何安身立命?

PART 1 她们是天使,也是人类

003... 看不见的女性

009... 女性是一种处境

015... 女性的自我建设

022... 女性的独立意志和自由

026... 女性的自我安顿

031... 女性与刻板印象

037... 看见女性,看见人与人的差异性

041... 女性的配得感与丰盛人生

047... 诚实面对自我和批判自我的勇气

050... 现代女性的情感重建

054... 女性一定要进入婚姻吗?

059... 女性需要解放,男性也需要解放

064... 男性还是女性,更容易过"灰色人生"?

069... 女性之精微与万千

072... 女性与消费主义

078... 谈谈女性之间的友谊

085... 谈谈女性之间的竞争

088... "那不勒斯四部曲"中的女性友谊与战争

094... 女性与阅读

100... 女性与情绪价值

PART 2 生活之问

107... 年轻人一定要找到自我吗?

114... 年轻人如何培养看世界的眼光?

119... 如何理解个人的独特性与社会的吞没性之间的关系?

125... 年轻人用什么样的方式衡量自我?

132... 如何看待年轻人对大城市的逃离和回归?

136... 年轻人是按部就班还是做一点儿新的事?

140... 我们需要什么样的文化圈层建设?

146... 快乐有没有高低之分?

149... 我们的幸福在哪里？

154... 幸福是以苦难为底色的吗？

157... 人工智能会替代人吗？

162... 如何理解人工智能时代的人文问题？

167... 如何理解安全感？

175... 如何理解原生家庭与安全感？

182... 新时代的青年如何让自己更有建设性？

187... 我们的长期主义消失了？

191... 如何看待人的生存状态和人的建设？

196... 劳动和工作的区别是什么？

202... 年轻人如何为未来做准备，过得浪漫又专业？

208... 我们的文艺复兴了吗？

211... 这个时代，文学还合不合时宜？

217... 什么样的文学才是好的文学？

224... 如何平衡碎片化阅读和深度阅读？

228... 如何看待文化书写方式的变化以及中外的差距？

233... 荒诞是否是生活的本质之一？

238... 感性与理性，孰优孰劣？

243... 我们应该如何看待负面情绪?

249... 极端的感性在现实中一定会引发悲剧吗?

252... 文学中打动人心的"感性"爱情是怎样的?

257... i人和e人分析,是新型的迷信还是流行文化?

261... 你真的理解亚文化吗?

265... 小镇做题家的理想与现实是怎样的?

271... 附录 我们何以不同:52个生活之问　梁永安答

序言
AI时代的我们，如何安身立命？

我们今天所处的时代，是一个没有精英的时代，是一个平民时代、大众时代、拼图时代。众人行，互为师。我们每人拿出自己的一块经验、体验、经历、事实等，汇聚在一起，形成我们对世界的认知。每个人都是世界的原点，无论哪里都可以是世界中心。

AI时代的安身立命，包含了我们每个人的生存价值，有深度的时代背景。现在AI的发展，比如ChatGPT、Sora的出现，已经超出了我们的预期。我们原来认为属于人的东西，现在也正被机器初步地学习。美国控制论创始人维纳在1950年出版的《人有人的用处》中提到,在未来世界中,机器可能会大规模地替代人类,因为机器的逻辑运算非常清楚。他认为人和人的不同只是编码的排列组合不同,如果出现一种机器,将人扫描后把全部编码破解出来,或许就可以复制人,人便可以通过电波以光速传送。所以,当时维纳提出了一个问题:人有什么用处?工业革命时期,人被资本家命令着去上班,但是今天的人是自觉地命令自己去上班,为什么?因为人类被欲望驱动。社会发展到今天,我们人类在很大程度上还在当牛做马,为了维护这百余斤的肉体,要辛勤劳动、要持家、要养孩子,为维护一个肉体的物质需求,而耗尽了人生大部分的力量。所以,从哲学上看,人类现在还处在"前人类"状态,我们还没有达到真正的人类状态。这隐藏的含义是什么?是人类要从这种物质的压迫下解放出来,所以会有安身立命的问题,因为AI的出现必然会淘汰很大一批人,简单机械的、初步的劳动形态,将大量被机器替代。

而再智能的机器,也无法完全取代什么呢?第一是情感。但现在关于AI的一种分析认为，AI也可以习得情感的一部分。因为爱与恨都不是无缘无故的，它们分别能给我们带来正向、反向的效果，正向的我们就爱它，负向的我们就恨它，那么机器也可以通过这样的一种反应机制来学习。第二是原创。18世纪时康德提出了这个问题，他认为我们人类认识这个世界的能力一方面来自先天，比如时间、空间、因果等，另一方面则是依靠经验和学习，而超出的部分，是彼岸和未知。所以很多想象和原创，都来自我们生命深处，是难以用知性去推演的。德国哲学家叔本华有一个很有意思的观点，他认为我们人类实际上是处在悲剧之中。他觉得世界上每个人在想什么其实都是被背后的意志所推动的，而这个意志是自己本身所难以理解的，也是很难意识到的。所以叔本华认为，我们人类的本性里有三大特点：一是利己，人类为了维护自己的生存非常利己，视他人为自己的竞争对象；二是厌恶，他认为人类是厌恶这个世界的，所以在很大程度上，人最基本的感情是厌恶；三是同情，这是人类与其他动物的区别,由同情产生出一种怜悯,一些人类的美好感情就是从这里来的。所以叔本华认为在这个世界上,一个人的精神内在的好坏,实际上就是看三种成分的比例是多少。

AI的出现,对每个民族、每个国家的意义都不一样。我们中国人依靠传统的学习性、劳动性,一点点地消化和积累,一代代人通过拼搏,实现了国家全要素的工业化。我们虽然身披着现代的外衣,但其实在很大程度上内心还是农民。比如爱情,人人都在谈婚姻,几个人真正在谈恋爱?现在的这批人很艰难,外部世界的变化特别大,但是我们自身的变化没跟上。所以我们呈现出了巨大的单一性,我们追求的生活、目标、价值等都高度叠合。而AI时代需要不一样的人。今天是一个追求差异性的时代,一个人最大的价值就是你和别人不同。这里的不同不是观念不同,而是过程不同。所以,新一代的人,当你离开学校的那一刻,打算走哪条路,是一个特别关键的问题。什么是安身?如果只是一个空间、一个房子,只是穿暖吃饱的话,安身并不难。但这意味着你在年轻时就变成了一个老年人。安身立命，年轻人最大的一个问题是立什么命。从时间的长河上，回顾过去、品味现在、发现未来，在未来10年里，我们中国这一代年轻人能不能问心无愧地承担起这代人应该承担的命？这是个问题。回顾从前，晚清时国家危亡，需要的是既能读书又能打仗的人才，如曾国藩、李鸿章。梁启超写的《李鸿章传》里讲到，当时的李鸿章看到了国家的文化自信，同时也看到了工业不强、兵器不强的现状，所以他的变革是从这个角度展开的。梁启超后来写了一段话，他觉得李鸿章这代人非常值得钦佩，完成了那个时代迫切需要完成的任务。但李鸿章没有意识到的是国家和国家之间的竞争最重要的是国民之间的竞争，是国民的知识、观念和精神，这个问题一直延续到今天。

所以我们回看历史，过去那一代人最大的问题首先是民族独立，所以老一辈革命家，要集合全体的力量去战斗。后来要实现工业化，我们逐步地完成了从初步工业化到改革开放四十年后的完整工业化。现在如果写"新史记",前面这两代人,他们不惭愧,他们完成了在那个历史条件下能够做到的事情。但是今天这一代年轻人就不同了,他们要完成的是精神、文化和文明的再造与转型。所以这个时代对人的要求特别高,尤其是人对世界的认知。一个人的认知取决于他面对世界时接受了什么故事,欧洲长达千余年的基督教文明接受的是《圣经》的故事,我们接受的是另外一个故事。

我们今天要立命,最大的短板就是认知。在如今的AI时代我们要立命很难,尤其是大数据、互联网下形形色色的文化,对当代年轻人冲击很大。我有时候会站在地铁站台上,看年轻人走出地铁,他们很多人举着手机,迈出地铁的那一刻都舍不得放下。手机的背后是大数据,人人都好像被操控着,人被空前弱化,时间极大失控。人们所热爱的东西都是别人设计的,都不是自己打造的。我们接受的世界上的任何东西,如果不是经过自己的创意与劳动去努力获得的话,就会对其产生高度的依赖性,人也会陷入巨大的单一性。

所以我特别期待在文化传播中,个体接受的审美疲劳,或者说边际效应早点儿出现,让人们对它有距离感。

但是现在的我们哪怕心里不情愿,还是情不自禁地深陷陈旧的意识中。AI时代我们可以看到更加炫目的存在。这个世界将来会出现一种新的统治权,而单薄的个人无形之中会把自己置于一个工蚁社会中,成为一个盲目的存在。机器不能代替的是想象、情感、原创,将来这个世界就属于有这种能力的人。正因为有这样的历史趋势,我们需要做一个"拼图"人,用自己不同的色彩、不同的过程、不同的活法,去活化这个世界,去真正体验生命的展开之美。

无论男性还是女性,我们都是人类的一分子,面对AI时代,我们更需要站在人的主体身份上思考如何面对当下和未来的生活,因此,这本小书是写给女性也是写给当下所有年轻人的。这本小书要表达的也正是以上这份心情。

PART 1
她们是天使,
也是人类

看不见的女性

女性的每一次解放，都伴随着生产力的大发展。12世纪，欧洲经历了一场农业大改革，农业工具从古希腊时期传下来的铜犁转变为铁犁。铁犁的出现使得欧洲的农业用地面积扩展了约40%，粮食产出多了，也就能养活更多的人。有了剩余产品，小市场、小集镇逐渐形成，市民阶层逐渐聚集，后来出现了像佛罗伦萨这样的城市。此时的生产力被更多地释放出来。社会发展所依靠的个体能力，不再单纯依赖于体力劳动，男女之间天然的体力差异也逐渐被抹平。14世纪时薄伽丘所著的《十日谈》中，讲故事的十位青年中有七位是女性，仅有三位是男性，这说明此时女性对世界的认知与讲述已经与从前不一样了。

人类社会越往前发展，女性解放的幅度就越大。在中世纪的欧洲，一本《圣经》手抄本需要300多张羊皮才能抄完，耗费的人力、物力巨大。文化传播当然也就有很大的局限性。印刷术的发展，使得《圣经》的复制变得非常简单；以前口口相传，《圣经》的内容不可避免存在错传或讹传，印刷文本的复制则使得文化知识有了一种普世的标准。女性也逐渐有了识字基础。15世纪，欧洲女性贵族，甚至是王后，也开始阅读、写作。到了16世纪，欧洲文艺复兴、宗教改革之后，人的个体意识增强了，可以自己演说自己的信仰，不再需要通过神父，这就瓦解了既有文化。文艺复兴时期所谓被解放、被瓦解的东西，其实也都是男性权力。16世纪时期，法国国王弗朗索瓦一世的姐姐玛格丽特·德·纳瓦尔模仿薄伽丘的《十日谈》，写成了《七日谈》。我认为，现代女性的发展，是从讲故事开始的，讲故事不仅意味着她们对世界的认知，也包含她们对世界的理解和对生命的表达。

随着工业革命的到来，专业化分工出现，社会结构不再是混沌一片，且不再是全部由男性主导了。社会产生了很多新的岗位需求，比如一个大煤矿公司，不仅需要工人，还需要财务、秘书等。孩子多了，需要发展教育，社会对教师的需求也增多了。工业化带动了城市化的发展，人们有了闲暇，有了更多的阅读需求和娱乐需求。女性对于城市的适应性，远远大于男性。在城市发展中，女性的各种机会也就来了。

阅读兴起，女性的写作也开始留有余地。简·奥斯汀通过写作为自己赢得了立身之本，她在当时逼仄的社会空间里呼吸自由的空气，终身未婚。美国诗人艾米莉·狄金森一辈子写了1700多首诗，生前仅发表不到10首，25岁后独居避世，但她成为和惠特曼并立的现代诗歌先驱。

我认为女性的创造力，首先体现在讲故事领域。《人类简史》中说：人类有三大能力。第一个是制造工具的能力，第二个是获得技术或知识的能力，第三个是对世界的认知能力。对世界的认知能力，就是讲故事的能力，这代表人类对世界信息的掌握及理解。女性通过写作，发现了自己的特长。她们浑身都是感受胞、情绪胞，感知力强、直觉强，语言能力也强，表达也就更丰富。早期有觉醒意识的女性往往感到孤独，她们与群体女性之间总有一种不协调的因素存在。创造性的女性总是很孤独的，所谓越是智慧越孤独，越是优秀越孤独。从前现代到现代的转型时期，现代女性有意识地把自己作为一个有社会价值的人看待。但在工业时代或者说机器时代，有一个问题是，庞大的工业生产不给女性过多的感知力。它将人合理化、科层化，让人日益产生机械复制时代的单面特点；在工具性和目标性上，女性也在社会这个大系统里获得了比较强的适应能力。

现在的世界，在科学主义和人文主义两个轨道上并进。女性更偏向于人文主义事物。马克思所分析的异化，包括资本的异化、劳动的异化，主要是针对男性。一方面，男性在制度支持下释放出创造性与人的自由主义；另一方面，男性也受制度限定，产生了价值断裂。

比如手工业时代的工匠制作一双靴子，从皮革选材到设计，再到出售，他会全流程参与，人与人之间会有伦理关系、社会关系的交错。但现在的情况大不相同。我们只是个螺丝钉，对上面的流程和下面的环节并不清楚。现代世界的一大特点就是，这是个看不见人的世界。程序、劳动等，都在封闭空间中完成，我们看不到具体细节。所以社会就变成一个黑箱，所有事物都在黑箱中不停运转，你对它只是"傻瓜化"的感知。现在很多电器都已经智能化，换句话说，智能化就是傻瓜化。我们就在这样的社会环境下被工序化和指令化，每个人都被作为程序代码编入系统。

女性在这样的社会背景下，有相当的发展难度。高度竞争的社会，提供给女性的空间是非常狭小的。很多事务女性可以承担，但男性自身占据社会的主导权，群体内部还有高度的内卷和挤压，他们自然将女性排斥在外。

女性的困境是，她们不仅要面对硬性的、刚性的、可计量的艰难，还要面对社会中的一些集体潜意识的无视，以及各种无形的心理磨难。但也正是在这些困难里，女性的力量才得以显现，因为对于每个人来说人生都不是一帆风顺的，都会有各种意想不到的困难，但人就是在这个过程中成长起来的。面对不确定的未来，科技反噬的加剧，不论男性还是女性，可能都面临不被看见的事实。那么，我们女性如何成为"你之所是"？即便当下是黑暗的，看不到希望，人只要一直往前走，一定能看到有光照进来。

女性是一种处境

从人的天然属性来看,男女有差异,也各有强项。在自然进化中,男女各有各的力量,各有各的局限。在生理方面,女性的力量比男性的小很多,但女性的韧性和感受力更强。柏拉图也曾表示,女性在政治方面是有能力的。

在社会性方面,男女的差别就比较大了。早期部落社会的生存需求影响了人力资源的分配:狩猎活动因为需要反应速度、力量等,所以多是男性从事;女性多是做采集工作。这时男性、女性的基本定位就锁定了,两性逐渐形成了各自的社会性角色。

男性主要负责狩猎,这项活动要求他们必须保持高度的警觉性和敏捷性。在狩猎过程中，他们不会随意交谈或发出声响，而是安静地行动，以便接近猎物。因此，男性之间的交流往往是简洁而高效的，主要集中在传递关键信息上，如猎物的位置和状态等。相比之下，女性在采集活动中的交流模式则大为不同，她们往往可以进行更多的社交互动和闲话交流，语言交流密度较高。所以在早期社会中，男女的社会角色决定了男性是向外发展，要在更大的空间中去寻找猎物，这要求他们要勇猛、要灵敏，还要能联合。男性的这种社会连接塑造出这一群体的基本属性，即强目标性、强工具性和高度团结性，这也使得他们学会了如何识别事情的利害关系、如何在团队中联合、如何处理摩擦和分歧，并逐渐形成所谓的"男子气概"，也就是所谓的胸怀。

相对来说，女性的社会角色就与男性有了区隔。女性从事采集工作，忙于家庭事务，这是对生活的内化。女性基本就是在家庭事务和私人领域中表达出对自己角色的理解，履行着自己的责任。女性的交流密度较高，看起来似乎有建设性，彼此间有更大的连接和认同感，但另一方面也导致这个群体里同质化的概率更高，个体被驯化的可能性更大，逐渐形成某个标准、某种规范。男性文化虽然强调整体性，但也注重个人主义和英雄主义，每个时代都会有个体的例外从群体中脱颖而出。

女性的生育对女性的社会角色也有非常大的影响。在古代社会，女性的平均寿命不高，当时医疗条件差，因难产而导致的死亡率很高。在这样的背景下，女性在无形中对男性生成了期待。因为生育这件事，女性有了人生中最脆弱的时刻，所以她们期望男性能够忠诚，期望与男性的关系能够长久，即使在最艰难的时候也能有特别温馨、强有力的支撑。在传统社会中，女性会生很多孩子来维持家庭长久的关系。从怀孕到孩子出生，再到养育孩子，女性一辈子就被锁定在这样一种生活中。生育让她们不断地处在最脆弱的状态，不断地需要男性来保护和提供其必需。

在人类文化中，人往往有意识地去构建一种权力与支配的关系,特别是在家庭结构中,男性自然而然地占据了主导地位,从而形成了一个以男性为主导的社会,女性则被限定在男性背后,成为次要的角色,有时甚至需要通过弱化女性来正面肯定男性。

我当年在云南劳动时就目睹过这样的事情。比如产妇不能在家里生孩子,无论刮风下雨,她们只能去自家后院生产,所谓后院实际上就是农家的菜地,这样的生产环境对产妇来说风险非常大。再比如男性在二层小楼的下层休息喝茶时,女性是绝对不能在上层走来走去的。女性甚至不被允许触摸男性的农具,否则会被认为很不吉利。

这些规定和禁忌于无形中构建了一种男性支配的社会状态。而这种现象背后的核心原因在于,当时的生产力水平极低,生活资源非常有限,所以形成的社会结构类似贵族制。实际上,世界上存在着两种主要的社会制度,一是贵族制,二是男权制,二者在性质上是一致的。贵族制的特点是将最好的资源集中分配给贵族阶层,并通过继承制来保障这种分配。通过这种方式，人类文明逐渐发展。设想一下，如果没有贵族制，资源将被广泛分散，那么诸如宏伟的城堡、伟大的绘画、雕刻精美的手工艺品等文明成果可能无从产生，更遑论传承。正是因为有美第奇家族资助达·芬奇、米开朗琪罗等艺术巨匠，文艺复兴才有了进一步发展的助力和推手。我们以前认为贵族制是要被打倒的，实际上它是一种资源分配方式，在资源分配没有达到平等性的情况下，社会中会产生阶级情绪。这种资源分配方式虽然看似不合理，但在一定程度上推动了人类文明的进步，至少是促进了文化艺术的积累和发展。

　　而男权制与贵族制的发展逻辑类似。它实际是将人类中的一个性别发展起来。如果没有男权制，传统的氏族社会可能很难构建出阶层社会，很难发展到国家层面。人类社会从原始社会一步一步走来，如果只聚集在小群体里，是不可能发展成今天这样的。大规模的聚集，一定要有核心权力、核心组织来建立和维护秩序，当时男性占有了最大的社会空间，所以那时候的社会是以男性为主轴建立起来的,女性也就成了被牺牲的部分。我国希望工程救助的超600万的贫困失学儿童中,绝大部分是女童。人们普遍认为,女孩长大后会嫁入别人家,而"嫁出去的女儿如泼出去的水",因此更愿意将有限的教育资源倾向于男孩,这也就导致大量女童失学。

当今社会既有阶层固化,即越来越有贵族化的趋势,同时科技反噬也必将使劳动力重组。就像戴锦华老师所提到的:"在今天这样一个新的放逐和重组的过程当中,性别议题和年龄歧视、受教育程度、拼爹都会结合起来。""女性是一种处境,女性是很多种处境,女性是今天世界上所有的处境的承受者。我们要发现这种处境,同时不要陷落在这种处境当中,而是去了解这个世界整体的处境和在这个整体处境当中人们的不同处境。"

女性的处境,也是所有人的处境,人类的处境。

女性的自我建设

我始终认为，女性要在专业性即事业方面有特别好的自我建设。这意味着女性要尽可能地发挥自己所长，做出创造性的成果，为社会助益，也让自身的价值得到充分的发挥，这才是真正的立身之本。

然而，女性在追求自身专业性发展的同时，却面临着一个普遍的社会问题：在男性话语权占主导的社会系统下，从资本逻辑看，男性往往不愿意给予女性更多职业和专业的空间，男性群体本身就占据了大部分的社会空间；在婚姻家庭方面，多数男性在面对能力强于自己的女性时感到有压力，他们更倾向于寻找那些看起来比自己弱的伴侣，他们的集体潜意识里也更希望女性回家相夫教子，很少有丈夫希望妻子一回家就跟他探讨"今天以色列的形势怎么样，巴勒斯坦局势如何"这样的问题，他们更希望与一位温柔的、能够营造温馨家庭氛围的女性共度时光。这种社会选择无形中影响了女性的专业化发展。

以前日本全职太太家庭在有夫妇家庭总数中的比例占到60%以上，最新统计数据显示，这一比例现在已经降至29.9%了。为什么以前有那么多全职太太？因为以前的社会生产力低，男性群体的数量已经基本上覆盖了各种生产领域，不需要女性出来工作，除非因战争或其他原因导致用工人员出现大量稀缺。比如二战期间，大量男性被征召入伍，美国很多军工厂面临劳动力短缺的问题，于是招募女性进入工厂工作。原来许多人认为女性可能无法胜任这些工作，事实是她们展现出了出色的工作能力和细致的工作态度。女性不是不能胜任某项工作，而是社会没有给予她们机会，仅男性就将空缺的工作岗位占据饱和了。

按照某种情况来看，这个世界不需要那么多男性，男性是一个资源消耗特别大的性别。

在新疆的一次观察中，我深受启发。哈萨克族的牧民在秋季开始他们的传统迁徙，从夏季牧场转向冬季牧场。这个过程中，他们面临着一个巨大的挑战：冬季牧场的资源远不如夏季牧场丰富，无法支撑庞大的羊群草料供应。为了解决这个问题，牧民们在迁徙前会宰杀大部分的公羊，只留下少量的公羊和母羊一起度过冬季。到了春天，怀孕的母羊会回到夏季牧场生下小羊。这样的自然规律很有趣。如果我们从原始繁衍的角度来看，男性的数量似乎是过剩的。然而，在人类社会的私有制和家庭结构中，男性和女性的角色被明确划分，男性占有了绝大部分的劳动分工。

我们总说男女平等，但社会中有很多玻璃天花板，这个世界也总是言行不一，在玻璃天花板的反射下，很多无奈之事就会涌现。我有一位同学在某报社任职总编辑，他曾向我表示，虽然现在的女性非常优秀，但在招聘人员时，考虑到出差的方便性、工作的抗压性等因素，他依旧更倾向招聘男性。

这也导致许多女性在专业发展上感到挫败。整个社会都给女孩子灌输"女孩的未来不是事业而是嫁人"这样的观念。这在代际关系里妈妈向女儿的观念输出中，表现得尤其突出。有一个女学生的妈妈就跟我说过这样的话："女孩子找一个好工作的重要性远远比不上找一个好男人。"这样的想法太普遍了，但这并不能产生代际的推动，反而导致很多女孩子孤身奋斗，产生代际隔阂，甚至断亲。

而大部分女性就在这样的不利的状态下，选择避难就易。

在日本和韩国，有很多女性也在努力学习，以期考上一所好大学，但她们不是以专业谋事业，而是认为漂亮的学历是一份最好的"嫁妆"。这样的观念也源自大人对她们自小的渗透。社会对小男孩和小女孩，往往有不同的期望和评价标准。比如，在看到一个小男孩时，人们往往会夸赞他聪明，将来有出息；而看到一个小女孩时，人们通常会说她将来肯定能找个好婆家。女孩们在这种耳濡目染下长大，逐渐有了一种

"我负责貌美如花,你负责挣钱养家"的观念。

我有一个女研究生,学术水平特别好,以至于其他老师半夜打电话给我,要我一定查清楚她的论文是不是抄袭的,他们认为这样水平的论文不像是在读研究生写的。事实上,这位女学生从大一就开始研究论文专题,积累了特别多的资料,我认为她可以读博士,继续自己的学术发展。但她却拒绝了,她认为自己是女生,不必承担主要的社会责任。听到这话,我感到很惋惜。

在现代社会中存在一种位差,即虽然很多人的物质消费水平已经现代化,但他们的意识、价值观和精神内核甚至还停留在200年前的状态。这种错位和矛盾在女性身上体现得尤为明显。

受过高等教育的女性,刚毕业时也有期待、向往,但随着年龄的增长,各种焦虑纷至沓来。比如,颜值焦虑、年龄焦虑、职场焦虑、婚恋焦虑、代际焦虑,等等,女性基本上处于十面埋伏的状态。

有一次参加一场女性座谈会,发起人让我也参与对谈。一位做语言学研究的女教授说她的体会是：一个女人要在这个社会上做点儿事业，能在专业里深耕，要付出比男人多两三倍的努力才行。

我相信文明进化里不再需要大规模、同质化的生产力，它需要很多有创意、很多富有情感的东西，需要一种非常好的有个性、有差异性的生长力，这种转变为女性提供了更广阔的社会和生产空间，只要自己不主动放弃，女性就能在社会中找到属于自己的位置。

我在日本参加过高层管理企业家年会，参会女性中有一半是离婚或单身状态。我发现日本男性在与这些能力强的女性离婚时毫不犹豫，因为他们认为这些女性完全有能力自立，而当他们与一些比较弱势的女性离婚时，还是会承受一些心理压力。

所以我说女人不能做女强人，但要做"强女人"，这很重要。所谓"强女人"，是指那些在生产和管理等方面展现出强大能力，同时又不脱离女性特有属性的人。她们拥有细腻的情感和对人的深切关怀，这样的女性既强大又充满魅力。

我们知道19世纪女权主义运动以来，女性在追求平等的过程中曾走过一段模仿男性的路线，什么都要跟男性一致，要像男性那样生活，但这种尝试最终被证明是行不通的。相反，"强女人"则要发挥女性的内在活力，有女性自身的光辉与情感色泽。她们的"强"源自生命内在的活力，而不是与男性的对抗。

我们要好好思考"强女人"的概念包含了哪些，在知识性、专业性等各个方面应该是怎样的。理解了这个概念，女性的自我建设就更清晰了，创造力也就释放出来了。

女性的独立意志和自由

《十日谈》中讲了很多女性故事,有一个故事发生在一家女修道院中。随着春天的到来,修女们的心情变得活跃起来。她们透过窗户看到了外面正在劳作的年轻农夫,大家春心荡漾。于是修女们决定派一位能言善辩的小修女去引诱农夫。小修女成功地将农夫引入修道院,修女们都开心极了,她们将农夫关在修道院里数月。中世纪时期的女性独立意志,可以说体现在感性的层面、欲望的层面,是从身体发出的,而不是特别精神化。

五四时期我们提倡恋爱自由、婚姻自由,实际上是对自己的身体决定权的追求。如鲁迅《伤逝》中子君所言:"我是我自己的。"但一个人释放自己自由的时候,如果只是出于情感和欲望,是不可行的。人类社会有规则和逻辑,如果欲望太盛,必然冲击善恶、冲击社会基本原则。在《马太福音》希律王的故事中,莎乐美的欲望导致了约翰的死亡。在《包法利夫人》中,女主人公渴望巴黎的生活,渴望外部世界的灯红酒绿,但巴黎既是消费之城,又是艺术表达之城,很大程度上它还是生产之城。现代都市的内核是生产,生产外化出来,表现为社会公共领域中形形色色的灿烂。包法利夫人只看到消费主义的灿烂,没有看到形形色色的社会生产,而一个人真正的核心能力在于创造、劳动和生产,这是确立一个人的价值的根本判断,但是包法利夫人的生命里恰好就缺乏这个关键性的生产。所以我们觉得包法利夫人有些爱慕虚荣,一直在追求虚幻的爱情,一生虽然是为爱而活,但很肤浅,不知道自己的价值在哪里,生命也就没有一个坚实的落点,就像无根之叶随风飘零,最终导致她陷入了消费主义的陷阱,也没有得到自己想要的生活。

如果说想要得到什么就能得到什么,这绝不是独立意志。要获得对这个概念的理解,不仅要对生活、事业投入感情,还要理解其中的创造性、生产性、劳动性、艺术性等,要有更深入的体会。这也是我们今天的女性要解决的问题,我们要独立,要自由,争取的是生产的自由、创造的自由还是消费的自由、欲望的自由?

在古希腊神话、寓言等故事中,男性常常被描绘为必须通过种种考验或战胜恶龙等来赢得爱情和荣誉的人。这种叙事为男性在爱情领域设定了一个高高的台阶,而要到达这个台阶是需要男性努力奋斗的。在这个过程中,男性被激发出勇气和力量,所以男性哲学中有这种超越个体有限性的概念。好的独立意志暗含了不断冲破和再造的力量,它不是以现有的东西填充自己的欲望,不是以得到与否来判定是否幸福。

好的独立意志和自由,也意味着个体有更多选择。有了选择的自由,就走出了虚假的自由——那种认为可以拥有一切的狂想。真正的自由包含了对价值的认定和对世界的深入理解,它是一种美的结构,也是一种有限定的自由。有了限定,人们就不会被外界的纷扰所迷惑,不会心浮气躁,而是能够清晰地知道自己的目标和喜好,从而活得更加从容和清醒。

当人们认识到自己所从事的创造性劳动是最有价值的,金钱只是随之而来的衍生物时,就会明白什么是最重要的。相反,如果没有这种寻找和认知,人们可能会将金钱视为拥有世界的手段,从而失去对独立意志和自由的真正理解。

女性的自我安顿

现实生活中,女性在寻找自己的归属和安顿自己这方面,可能会表现得非常感性或是受到一种下意识的推动。

从历史角度来看,女性表面上的"无理"行为,往往蕴含着一种突破性。以19世纪法国作家乔治·桑为例,她的生活方式——抽烟、骑马、穿着男性服装——在当时的社会中显得格格不入,充满挑战性。当人陷入这种"无理"状态中时,会有一种在天上飞扬的感觉。这种状态不仅仅是个人行为的体现,还可以在哲学、政治学等多个层面得到解释。

从心理学角度来看,比如弗洛伊德的理论,主要围绕男性心理来构建，如恋母情结和阉割威胁等概念，而对于女性心理的研究则相对缺乏。

弗洛伊德在巴黎进修时，注意到女性的心理压力要比男性来得沉重，女性精神病患者的数量也异常多。这些女性患者面临的问题主要与情感有关，她们跟弗洛伊德说自己有秘密情人，有的甚至不止一个，这就造成自身的原罪感。弗洛伊德在催眠治疗中发现，女性患者所谓的情人或者是指耶稣，或是弗洛伊德本人，这使他意识到她们的情人并非真实存在，而是她们潜意识里有对情人的渴望。但当时的文化背景和社会道德体系的压制，使得女性内心深处的渴望与现实之间产生强烈的冲突，从而导致了其内心的挫伤和病态。

法国作家阿兰·罗伯-格里耶的小说《去年在马里安巴》就很能说明这一点。这部小说的故事发生在一个豪华的疗养胜地。一对富商夫妻每年都会来到这里，但丈夫总是忙于商务，没有闲暇陪妻子休闲游玩。有一次，妻子在这里遇到一个年轻人，他声称去年与她有过约定,两人计划今年私奔。起初,妻子对这种荒谬的说法不予理会,但年轻人不断地向这位妻子提起去年的事情,他的叙述充满了细节,让妻子开始怀疑自己的记忆。最后,妻子逐渐被说服,开始相信这个年轻人的话,并最终决定与他私奔。当妻子拖着两个大行李箱准备离开时,她故意磕得砰砰作响,试图引起丈夫的注意。但丈夫埋头工作,对此漠不关心,这让她感到绝望,也让她走得义无反顾。虽然她意识到那个年轻人可能是个骗子,但她潜意识里还是想逃离现在的生活,获得新生。这对她来说就像造梦。她的逃离也让虚幻的变成了现实的,原来现实的变成了虚幻的。

弗洛伊德在巴黎看《俄狄浦斯王》时,对这部戏剧有了新的理解。戏剧中俄狄浦斯王询问巫师,为何国家会遭受瘟疫,巫师知道真相但不敢说。在俄狄浦斯王的坚持下,巫师最终透露了真相:俄狄浦斯杀父娶母。在巫师即将揭露真相之时,王后试图阻止他,但俄狄浦斯王坚持要知道真相。当俄狄浦斯王知道这骇人的事情时，王后已经选择自尽了。

弗洛伊德注意到一点：为什么王后阻止巫师，为什么她没等巫师说完就离开并选择自尽？这说明王后早先就一清二楚。但是她为什么愿意跟自己的儿子结婚呢？这引发了弗洛伊德对女性心理的进一步思考，尤其是恋子情结在女性心理中的表现。如果儿子是母亲唯一的精神寄托，在某种程度上她会把儿子幻化成自己的丈夫。在现有的社会规范和体系中，女性被赋予了特定的角色——家庭内部的母亲角色、妻子角色等，这些被锁定的角色，缺乏对话性和生长性，与她们真实的自我之间存在很大的距离。所以这就形成了：一方面，女性精神在发展；另一方面，她们在压抑的现实中不停地过渡。

波伏娃在《第二性》中对女性的自我安顿有过一段描述，她说女性在生命中就是跟男性这一强大的性别进行一场交换。一种选择是女性跟随男性以换取安全和稳定的生活；另一种选择是拒绝这种依赖，独自承担生活的风险和艰辛。第二种选择对女性来说很艰难，因为传统社会往往期望女性扮演贤妻良母的角色。所以女性在生活的冲突里就感觉到一种特别大的焦虑感，陷入一种特别大的困境中。

女性与刻板印象

罗兰·米勒曾在《亲密关系》一书中陈述,性别差异只在统计学上有显著性,实际上男女间的性别差异非常小。而在社会生活中,这种非常小的差异却很容易被大家夸大,从而形成性别的刻板印象。

这个社会对女性有很多的刻板印象,比如女性需要被宠爱、女性比较感性、女性比较脆弱,等等。但现实中的很多女性,包括历史上那些优秀的女性,都比男性更勇敢、更有担当、更具韧性、更加坚毅果敢。

随着社会的发展,女性的价值观念经历了翻天覆地的变化。她们的内心世界、精神追求和文化素养都与过去大相径庭。现代女性在成长过程中,往往表现出超越她们看似柔弱的状态。社会生活的变化、时代的演进以及女性自身不断积累的经验，都在持续地塑造着她们的内在世界。正如法国某位作家所描述的，现代女性拥有了更强烈的独立感和自由感，她们面向世界时展现出独特的创意和独有的细腻。尤其在艺术、戏剧、电影、写作等领域，女性的影响力和创造力已经发生了巨大的变化。

但我认为这种变化里会有一些对女性的阻碍因素，那就是社会习惯性认知对女性的角色定位，这对她们造成的压力不仅有外在的，也有内在的。我们常将女性比喻成一朵花，因为在大众看来，女性就应该如花朵一样，在温室里被娇养着。

除了对女性角色的惯性定位，女性在事业上也会遇到男性对其的刻板印象。当女性在事业上遇到障碍时，男性往往认为女性自有退路，比如回归传统家庭主妇的角色，做一个"普通女人"。这样整个社会就在现代和传统之间制造了一个特别大的斜坡。男性在社会竞争中是没有退路的，而女性则被置于一个需要不断做出退让和角色转换的情境中。

在整个社会构造中,女性的"成功畏惧"也是社会学上很明显的一个现象。在传统的社会观念中,男性往往觉得成功是一个特别了不起的、令人幸福的价值体现,但是女性却不觉得这里面有多大的幸福感。有一位女高管向我表露,在职场中挥斥方遒,有时甚至远不如回到家中看见孩子的一个微笑带来的幸福感更多。这种对成功的不同态度可能源于历史背景和社会文化的影响,政治家撒切尔夫人在自传中也表达过类似的感受。撒切尔夫人以"铁娘子"著称,她在公众面前表现得无比强大,但当她回到家中面对丈夫时,她也会展现出小女人的一面,比如撒娇、哭泣,并坦承自己的脆弱。这种转变揭示了现代女性在承担社会角色时的复杂性和多面性。

在荣格的心理学理论中,有关于女性具有土地般的气质和大地之母意识的观点。他认为,人类心理中存在着一种集体无意识,这种无意识中包含了人类共同的记忆和经验,这些记忆和经验以原型的形式普遍存在于人类的潜意识中，持久地影响着我们对世界的认知。"地母原型"就是其中之一，它代表了生命的孕育、滋养和包容。这一原型在不同文化和宗教中都有体现，如大地母亲、女神母亲等形象。这里的"大地母亲"原型就是指女性，女性特有的能量就像孕育大地的母神一样，有广阔的胸襟和强大的承受能力，能滋养万物，容纳一切痛苦和风雨。相较而言，男性缺乏这样的能量。

我曾在重庆参观渣滓洞和白公馆，这些地方都曾是关押"政治犯"的监狱。相关统计数据显示，在极端严酷的环境下，这里没有一名女性犯人成为叛徒。尽管遭受了严刑拷打，女性仍表现出坚定的忠诚和坚强的意志。相比之下，男性犯人的意志却显得更薄弱，他们当中就有人成了叛徒。

美国进行西部开发的时候，政府声称只要一美元就可以获得一英亩土地，后来甚至赠送土地，但愿意去西部开发的人仍然很少。调查结果显示，去往西部开发做工的男性自杀率很高，因为西部空旷、渺无人烟,在那里生活要克服很大的心理障碍,比如孤独感、陌生感、工作量超负荷的疲惫感,等等,人的身体和精神都承受着很大的压力。

我非常喜欢美国作家薇拉·凯瑟的小说《我的安东妮亚》。女主人公安东妮亚是一个波西米亚移民家庭的女儿,她和家人一起移民到美国内布拉斯加州。她的父亲因难忘故土且忍受不了西部恶劣的耕种条件,无法适应新环境而开枪自杀。安东妮亚则挑起了家庭的重担,四处打工,积极融入当地社会。小说描绘了安东妮亚从一个害怕蛇、对新环境感到恐惧的小女孩,逐渐成长为一个坚强勇敢、与土地紧密相连、凭借坚定的毅力与吃苦耐劳的精神最终使生活富足的女性。再比如《乱世佳人》中的斯嘉丽,她也是在美国南北战争混乱的时局里勇敢地为自己活出了一片天地。小说中描写的斯嘉丽很漂亮,野性又果敢,当然也很任性,就像一个小魔鬼,让人又爱又恨。这些品质并非只作用于斯嘉丽的女性身份,而是作用于铁马冰河的现实生活。她救了自己的家人,在战火中为好朋友接生,在战乱中经营自己的生意,做到这些事情即便对于现在的女性而言也很不容易,而斯嘉丽面对生活的困境时从不退缩,她总是认为:"明天又是新的一天。"所以,如果女性真正认定某样事物,她内在的精神力量是很坚定的。

历史和社会曾带给女性很多限制,这是历史的沧桑。历史上的男女分工制度,形成了社会发展的某种模式。到了现代社会,这个模式已显示出越来越大的局限性,而我们需要及时转变认知。

在现代社会的舞台上,女性已如破茧之蝶,她们挣脱了束缚,展现出独立自主的精神面貌。女性的能量和影响力不仅改变了社会对她们的看法,也重塑了女性的自我认知。在以往的工业化时代中,宏观趋势下,女性都被看作"跟从者"。但在今天的社会发展中,女性是当之无愧的"建设者"。

总之,女性的角色和影响力是多维度、多层次的。她们在历史的长河中不断演变,从传统的守护者到现代的变革者,女性始终在为实现自身的价值和社会的进步而努力。

看见女性，看见人与人的差异性

在女性文化分析里，我们一定要把公平和公正区分开来。有一幅漫画，墙那边是进行中的足球赛，墙这边是位男性，他个子高，只需轻松地站在那儿就可以观看到足球赛，而女性则需要垫一个箱子才能看到，这是自然条件的区别。在女性发展历史上，社会给女性提供的东西太少，所以她们现在特别需要一个"箱子"，先达到公平，而非大家通俗理解的男性、女性要秉持同一的标准。

女性在体力上不及男性，这在实际生活中意味着在承担同样的工作时，女性需要付出更多的努力。我自己背着摄影包出去时，会背两个机身、三个镜头，白天出去精神抖擞,到了傍晚已经疲惫不堪。换位思考的话,如果一位女性背上这个包,她比我力气小,到了晚上她可能就要累瘫了。在社会生活中,很多女性的艰难、心理承担及付出,跟男性不是处在同等条件下的。

所以在女性的发展领域,社会应该提供更多的公共政策和社会资源配置来支持她们。帮助女性达到与男性相同的起点,即公平;创造一个环境让她们能够展现自己的价值和创造力,即公正。当然,更多的帮助不是让女性和男性对抗,也不是让女性做出和男性一样的成就,而是因为提供了援助,她们可以发挥自己独特的创造性,做出不一样的新事儿。

多年前,我有一个学生嫁给了一个日本人,她先生所在的日本公司在上海有分公司,他们有时会邀请我参加聚会。在聚会上,我观察到了一些有趣的现象。女人们聚在一起谈笑风生,有时似乎在嘲笑男性的木讷,而男人们则互相看看也不反驳;当女人们忙碌于厨房工作时,男人们则在一旁看戏般地发笑,认为女人们叽叽喳喳，显得有些可笑。这种场景让我感到，日本男性对女性好像不是一种平视的态度。

后来，日本出现了所谓的"银发离婚"现象，老年女性在长期的婚姻生活中得不到男性的理解，感到被束缚，因此在晚年都想一个人生活。

我们常说"人类一思索，上帝就发笑"，人类社会不一定是按照合理的逻辑来设计的，其中充斥着很多可笑和不合理的方面。

这个世界绝对不是活在理论中，不是活在文学里，也不是活在逻辑书里，每个人都有自己的情绪、本能和利益考量，各有各的生存环境。他们会坚定地维护自己的利益，哪怕自己的观点失之偏颇，也要坚持自己的立场。尽管理论上男性应当理解和尊重女性，但在实际生活中，他们的态度往往出于本能的驱动。男性在潜意识里期望女性服从，而对于女性表现出的主导性和独立性，男性往往感到不适应。

我们的世界为什么有各种冲突、战争？尽管人类文明的历史已有一万年之久，但人类社会仍然处于"前人类"的社会阶段。在这个发展阶段，人类文化和文明尚未达到应有的智慧水平，暴力和冲突仍然是社会的一部分。所以在目前这个"前人类"的阶段，人类社会还有强权，存在支配与被支配，女性也在很大程度上是被男性"握住"的人。"看见事物的不同，我们成了专家。"看见不同，才是人与人沟通、解除误会乃至偏见的起点。

女性的配得感与丰盛人生

女性在一定的历史阶段下肯定是受限的。比如美国工业化初期的公共文化消费,女性是很难参与进去的。美国早期的电影院,虽然票价只有五分钱,但影院里基本都是抽烟、喝酒的男人,还有妓院代理处,招呼一声就有人提供服务。这样的地方,显然对女性特别不友好。

英国女权主义者曾强烈抗议性别歧视,她们认为战斗部队不让女人加入,就是歧视。政府干脆特批这些叫得很凶的女权主义者去一线部队体验生活,半年后这些人主动回来了,她们觉得部队的文化就是粗暴、残酷的"杀人文化",而这种文化价值跟温暖的女性文化格格不入,所以这些女权主义者每天都很痛苦、煎熬,仅半年便主动退出。

文明归根结底是为了人们更好地生活,它是从野蛮时代往前发展的,但现在我们的文明还处于初级阶段,还有很多病态现象。初级阶段中的文明会暗含很多暴力,丛林法则和现代文化都混合其中。

所以女性会遇到一些把女性变成欲望对象或者交易物品的人。有的男性在评估自己的价值时,甚至以自己能吸引多少女性的目光为参照标准。

女性要敏锐地观察时代的变化,分清哪些是需要沉浸式体验的生产,哪些属于饱含情感色彩、艺术心情的生产。比如湖北有个地方生产的绣花鞋,女性设计的传统图案特别好看,这就是一种美,除了艺术审美,还有经济价值。这是女性在文明新形态变化方面所发挥的独特优势,这种优势就属于创造性的生产。

我曾在上海新江湾城街道的十几个社区做调研,认识了一位福建女性。她刚来到这个高端社区时,是一个被边缘化的人物。后来大家发现她会穿珠,而且穿珠的设计特别有创意，于是大家都来跟她学穿珠。她一下子从边缘人物变成了社区里穿珠艺术的灵魂人物。在城市化发展的过程中，每个人都携带自己的文化因子和创意，这些在多元化的社会中得到了释放。文明在向前发展时，已经不是模式化的、粗糙的、量化的生产方式，女性在推动文明进步方面有自己非常好的表达。这种表达可能不是结果导向性的，而是一种过程哲学。

女性主义文化发展很重要的一个方面就是过程主义、过程哲学，不重视舒适度，而重视过程。我们之所以总是强调奋斗，是因为现在的生活还不理想，一下子走入天堂是不可能的，人类永远在往前走。

我特别赞同怀特海的"过程哲学"。无论当前困难与否，只要参与推动社会、文化和文明进步的过程，人的参与就是有价值的，与400年前的人参与文明发展过程有同样的价值。

所以此时我们要衡量一下自己的价值，自己做了什么能够使生活更丰富、使人类更向善的事情，这才是一种特别好的、应该具备的思维方式。

女性在职业领域展现的细腻情感和敏锐的洞察力，对于解决问题很有裨益。在新江湾城街道的十几个社区里，女性担任社区负责人的情况并不罕见。其中一位女性曾是设计院的设计师，有文化、有专业性。她在担任社区负责人期间，遇到了一个棘手的问题：上海地铁10号线的延伸段计划通过她所在社区的区域。这一消息引起了社区居民的担忧，他们担心地铁的震动会影响他们的生活质量，影响房子的价值，影响他们未来的房产交易。

这位社区负责人并没有采取强硬的维稳措施。因为复旦大学的理科和工科学院都搬到了这附近，学校里有很多高端实验室，是很怕震动的。她来到复旦大学了解为什么学校不担心这个问题。学校告诉她，地铁线路在经过该区域时已经进行了严格的防噪、降噪和防震处理，确保连敏感的实验室设备都不会受到影响。

后来这位社区负责人就把数据做成了很多展板进

行展示，向社区居民呈现这条地铁线路是如何在科学上做好防震、降噪的。如此，居民们消除了疑虑，社区恢复了和谐。这位女性没有靠蛮力去工作，而是靠她的细心和专业解决了问题。在跟她交流的过程中，我也很受启发。

女性身上蕴藏着伟大的能量，有女性细腻的特质，也有宽广的容纳之心。从某种程度而言，因为社会的偏见或者自我偏见，她们把面对生机勃勃的世界的权利让渡给了男性。但性别不是边界线，偏见才是。现代女性，要有基本的配得感（entitlement）和活出丰盛（eudaimonia）人生的信念和追求，要懂得衡量自己的价值点在哪里，自己定义自己，而不是简单地用别人的意志、别人的眼光来定义自己。要时刻问一问自己，现在做的事情是不是自己要持续一生的事情，是不是内心不能放弃的事情。如果对这个世界有一份热爱，便有一份珍惜。

美国电影《本杰明·巴顿奇事》有这样的台词：

有些人就在河边出生；

有些人被闪电击中过；

有些人对音乐有着非凡的天赋；

有些人是艺术家；

有些人游泳；

有些人懂得纽扣；

有些人知道莎士比亚；

而有些人是母亲；

也有些人能够跳舞。

那么，你是谁？你的天赋所在？你之所在？你何以不同？

诚实面对自我和批判自我的勇气

女性很执着。通常情况下,让一位女性改变主意比让一位男性改变主意要难得多。在跟男性讲逻辑结构时,一旦他们被说服,便很容易接受并调整自己的立场。然而,女性一旦决定了某件事,她们的想法似乎就凝固了,不易改变。

即使在情绪激动时,男性的大脑中仍保留了约20%的理性,经人开导,这个理性占比就会变大。女性有时是100%沉浸在激动情绪中,想要推动她改变,往往很难找到突破口。

我在指导学生论文时,对男生和女生的沟通方式是不一样的。面对男生,我往往直接指出哪些地方有问题，男生会比较容易想通并接受；面对女生，我会委婉一些，一般我会说，人那么聪明、那么优秀、那么漂亮，怎么写出来的东西还差一点儿完美呢。因为在批评中先肯定了她们的完美，再指出这些问题时她们便会更容易接受。

历史上女性作为被挑选的性别，作为"第二性"，对赞美的需求特别大。但我认为无论男女都是需要自我批判精神的，要有反思问题、自我提升和修正的能力。只有在自我批判中，人才能认识到自己的不足，才能获得发展。诚实地面对自我，平衡自我肯定和自我批判这两种东西，是我们一生要学习的功课。

很多女思想家、女作家都有自我批判能力，知道自己的局限性。伍尔夫在谈及男作家和女作家的区别时讲到一点：在这个世界上，男性小说的优势在于空间感，如《战争与和平》能写出广阔的社会空间、历史的变迁等，这是女性写作的不足。但女性擅长对时间感的把握，特别是对心理时间的描绘，这是男性难以比拟的。我们需要看清楚双方差异里需要各自开拓的地方。

女性对完美主义的追求更甚,但在现代社会,女性要特别培养一种自我批判意识,敢于自我否定,对批评持开放态度。世界上夸奖人的话90%都是不真实的,一部分是鼓励,一部分是示好;而批评的话,90%都是真的。我们要活在真实的世界里,将批评当作成长的动力。

现代女性的情感重建

在传统的以男权为中心的社会，女性归属于男性，是男性权力的延伸。所以男性在长期的进化中形成了一种固化思维，他们不找精神伴侣，也不重视女性的精神价值，对于他们来说，"贤妻良母"才是生活所需。这就造成男性在选择女性时，两性间没有精神的对应，没有唯一性。

美国女作家斯泰纳姆曾一针见血地指出：婚姻让女性只剩下"半条命"，新时代的女性绝不会愿意"在牢笼中寻欢作乐"。这并不是女性的"恐婚"，而是一种对于自身命运的忧患。当社会将女性的生命仅仅定义为婚姻与生育，女性所有的精神文化都将一笔勾销，正如波伏娃所描绘的，女性被分为四类：结了婚的、结过婚的、打算结婚的、因为结不了婚而痛苦的。

很多女性一辈子就处于迷乱中。即便她们结了婚，内心也还是一个人，是"结了婚的单身"。

一直以来，女性都很坚韧、勤劳，吃苦能力强，社会能力也强。以前她们遵从"父母之命，媒妁之言"，认为嫁了也就嫁了，一辈子也没曾想过或者有实际行动去尝试改变，重新开始。

而今天的女性，对"苦"的感受较以前敏感了，这是女性文化发展的一大进步。日本出现了"银发离婚"热潮，这两年我们国家也有类似的情况，而提出离婚的主要是女性。她们逃离婚姻的底层逻辑是什么？

谈一次恋爱就契合，一次就步入理想的婚姻，这样的概率实在太低了。离婚自由为现代人打开了一个改变生活的通道。"这不是我想要的生活，所以我选择离婚"，这是现代人真正拥有权利、自由的体现。目前的社会发展，对于婚姻，女性可以选择"下站"

这一选项了。

如果我们把对世界的感情只定义在一个人身上，一旦跟这个人情感断裂，就会陷入巨大的孤独中。对男性来说，孤独造成的压力没有对女性造成的那么大。因为男性很大一部分的生命构建是在社会空间中完成的，他们更关心自己的事业发展、社会价值，等等。对男性来说，虽然也存在孤独的问题，但是他们的替代性满足很多。比如他们通过权力获得满足，通过社会地位获得满足，通过方方面面获得满足，最后获得对自己的肯定，总的来说，男性的落脚点不是在爱情上面。

对女性来说，她们是拿整个生命投入到爱情里、投入到家庭关系里。美国社会学家曾说，在两性的情感交往和生命价值的交换中，如果男性是一美元的投入，女性就相当于一万美元的投入。所以女性在进入爱情和婚姻的时候，会特别谨慎，要反复考虑。现在独身女性越来越多，离婚的女性也越来越多，如何把一个人的生活过得优雅、过得幸福，变成全世界普遍关心的话题。

对于女性来说,当你跳脱出个人情感的小视野,转向世界的大视野,把对个人的爱延伸到对世界的爱时,找到一件热爱的事情,并且这件事情不是抽象的,你就可能从中找到支撑和动力。在现代社会,个人的专业性特别重要。事业不在于大小,不在于赚钱多少,而应是一个人真心热爱的事情。因为它构造出一个生命来,构造出一种完整性的生活。

现在很多女性甚至直接选择独身,如果找错了人反而更麻烦,勉强在一起代价太大,还不如自己背着包去看世界,热爱自己的热爱,与世界对话。时代越发展,女性与社会的接触面也越广,她们的独立意识就越强,一个人生活的可能性也就越来越大。因此,不必要焦虑自己到底是属于结婚的那一半,还是属于不结婚的那一半。无论自己分属哪一半的阵营,都坦然地面对,找到自己热爱的那件事,我觉得就很好。

女性一定要进入婚姻吗？

社会中有"大龄剩女"一说，我很不赞同这个称谓。这类女性青年其实都很优秀，她们有很好的学识、很好的专业知识，但社会一定要给她们一种怜悯的眼光，认为没有婚姻的生活就很悲苦。其实鱼之乐，人之乐，究竟在何处，我们无从知晓，可能人家过得很阳光积极，但社会就是故意制造出这么一种氛围。

日本作家酒井顺子著有一本《败犬的远吠》，用"败犬"代指未婚、无子女的大龄女性，这样的女性是女性群体中的少数，大部分女性天然抵制她们。单身女性的事业一般都比较成功，大部分女性就制造出一种观念——女性最幸福的价值源泉在家庭。

《败犬的远吠》中所隐喻的女性的竞争是婚姻的竞争，谁能找到一个好男人，谁就是成功者；而那些单身女性都是丧家之犬，本质上都是失败者。那些走入婚姻的女性还有一个强大的同盟军——男性。男性喜欢女性有这样的观念，他们排斥比自己更强的女性，于是自觉地发挥集体意识，把学问高、能力强的女性变成了所谓的"剩女"，这是男性潜意识里的集体合谋，这样他们才能保持自己男性权力的主导性。

社会学中对男女婚配有"abcd"的分类法。女性在择偶时都偏向比自己条件优秀的男性，而男性则偏向找比自己条件差一点儿的女性。所以，社会婚配的结果通常是：a男配b女，b男配c女，c男配d女。女性的婚姻，本质上是攀附性的婚姻，她们期望通过婚姻提高自己的社会阶层；而男性则要保持对女性的控制权，如果他们跟比自己优秀的女性在一起，极易打破平衡感，引发自卑情结。

如果女性想要过上相对独立自由的生活，保持单身或许是一个不错的选择。在中国社会目前的发展水平下，虽然生活可能不是完美的，但可以自己建设、操控的只有单身生活。对于知识女性、文化女性或有专业能力的女性来说，她们能够通过工作获得收入，享受法定假期，发展个人兴趣，从而实现自我和维持个性表达。

对很多女性来说，恋爱中的能量消耗、情绪消耗是很大的，甚至夸张一些来说，女性的生活质量下降就是从谈恋爱开始的。恋爱带给两个人的并不一定是一加一等于二或大于二的结果，还可能等于无限的麻烦。在社会中，遇到真正理解女性、尊重女性、支持女性、跟女性相互取暖的男人才能够算是爱情的归宿，但这样的爱情很多时候需要一些运气。

有些女性可能认为自己的能力与欲望之间存在差距，希望通过恋爱或婚姻来提升自己的财富或资源水平，至于对方是不是真的理解、尊重自己，没那么重要。这是个大陷阱，因为达不到的部分正好是她们要成长的部分。我们通过学习、奋斗、创造，提升的不光是收入，精神力、专业力都可以得到提升，也完全可以拥有更加广阔的空间。而如果女性只想找到一个男人，让他来托举自己，相当于限定了自我的发展空间。

很多女性在年轻的时候就是败在此处。女性要自我建设的时候，不应该依赖于男性。一旦产生了依赖性，实际上是对自我进行了弱化及解构，精神上出现退化，如果还有新的欲望，就不会再有力量支撑。因为从别人那里拿来的东西，基本上不会对自身的提升有任何助益。

爱情应当是纯粹的，不带任何功利性目的。如果我们真心爱一个人，那就全心投入这份感情；如果我们不爱，也不应将对方视为工具或资源来利用。生活不应该建立在半真半假的基础上，因为这样做最终损害的是自己。若婚姻建立在强烈的依附关系基础上，它带给女性潜在的束缚和精神压力是很大的，因为她总是需要想着如何去保护好自己的"资源"，而非顺从善意的本心去爱一个人，让感情自然而然地发生。人的一生漫长而艰辛，若是没有体会过真正的爱情带来的温暖和快乐，那是非常遗憾的。真正有了爱情支撑的婚姻，人才会得到精神上的滋养和鼓舞，这种鼓舞会带来更多自信和勇敢，以及发自内心的快乐。

我们活在这个世界上，会经历很多得失。如果我们把对方当作向上攀爬的工具，从世俗意义上来看好像获得了某些东西，但实际上我们有可能失去生命中本来可以感受到的真切、冷暖，从而体会不到那种被光照亮的感觉。

一次依赖就可以形成关系，而一次奋斗绝对形成不了关系。有了一次依赖，再做大的选择时会习惯性往后退；而奋斗是需要多次前进才会形成一种能量的。精神的尊严、独立于世的信念、奋斗创造的力量，这些都是极其宝贵的。

女性需要解放，男性也需要解放

现在社会的发展趋势，是城市日渐走向田园化方向，新都市主义开始萌芽，世界文明也在很大程度上逐渐走向过程哲学和生态哲学下的文明。

我们的思维方式一定要打破现有文明的旧框架，如果按照工业社会甚至后工业社会的情形来发展，女性的发展会有局限性，会永无出头之日，这是文明本身的问题——现有的文明体系本质上是效率化、科层化的，呈现出剧烈的竞争。在这样的环境之中，女性所特有的温柔、爱的能力、温暖的情感等很难在社会中获得应有的价值认可。

埃比尼泽·霍华德所著的《明日的田园城市》以

及简·雅各布斯所著的《美国大城市的死与生》中，不约而同地提出了一个共同的理念：人应该再一次自然化，但不是简单地自然化，而是应该在新型高科技和知识的基础上，实现人与土地、人与人之间更加亲情化、可见性的互动。

人类在世界上的主要目的不是从事某项具体的工作，而是去劳动、去体验。

劳动是播种、灌溉、哺育和收获的过程，是一种自由、自主、充满喜悦的活动。在劳动过程中，人与人之间的情感联系将变得更为紧密。新城市主义正是基于这样的理念，强调城市的构建应以交通枢纽为核心，构建半径500米的新型居住社区，街道宽度不会超过7米，以促进人们的交流和情感联系。在半径500米的社区一层空间，如果分布书店、咖啡店、鲜花店等各类店铺，满足人们的各种喜好，那人与人之间就会形成良好的互动，关系也更为融洽。人类本质是群居动物，我们其实特别需要一种类似"村落聚集式"的交流。

新兴社会的发展方向,一定是物质做物质的事情,人做人的事情。

现代社会关系中男女不平等,女性不幸福,男性也不幸福。因为物质生产在主导人的发展,男性本身也被工具化,虽然他们拥有更多社会权力,但其实也很卑微。就如卡夫卡《变形记》中所书写的情形:人像一只虫,孤独且困惑,也在进行着某种僵持。

当我们不断发展出新的生产能力、认知能力时,就可以释放出另外一种文明形态,这种文明形态更自然。人做人的事情,这个世界会是什么样呢?人本身有感情、有想象,人与人之间传递的内容,绝对不只是教条化的生产指令,而是存在微表情和肢体语言等情感因素。我们现在就处在这样一个还需要不断向前的阶段。

在性别问题上,我们不能存在偏差,认为现在只需要解放女性就足够了,而男性已经得到了足够的解放。根据我的观察,现状完全不是这样,男性其实也处在异化状态,他们被工具化、资源化,走在被奴役的道路上,却浑然不觉。如果我们客观地站在当前大历史进程上观察,就会明白:男性有男性的艰难,女性有女性的艰难,男性、女性之间有正向的关联,彼此需要齐心协力,女性需要多一点儿解放,男性也需要多一点儿解放。其实换一个角度来看,无论男性还是女性,都是人类,人类只是漫长宇宙历史中的一个角色,整个地球如果没有人类,一样会继续存在下去,一样也会很好,不会停转。所以,人类其实是一个整体,只有人类内部彼此支持和帮助,才会在生命和历史的漫漫征途上走得更加顺利。

现在女性对物质的要求,包括相亲过程中所谓的"丈母娘经济",这些现实情况会对男性造成很大的压力,如果女性更注重灵魂,对生活的理解是更注重共享,把这些作为幸福的根本,那生活状态会大不一样。在这个过程中,男性如果也能跟上时代转变观念,认可女性应该走出家庭事务的束缚,能够主动地承担家务及育儿重任等,也会发现生活充满太多乐趣。生活中有很多事是可以通过认知思维的转换而获得趣味的,就像马克·吐温的《汤姆·索亚历险记》中汤姆·索亚将惩罚变成一个开心的游戏那样。在推进文明转变的进程中,男性女性都要秉持一种共存、共享、共创的精神。

男性还是女性,更容易过"灰色人生"?

男性在政治、军事、经济和文化等领域的活动往往受到历史条件的限定。回想十字军东征,一代又一代的男性前仆后继,死了那么多人,有什么意义吗?但在当时,他们会认为这是"圣战",必须打,而且要赢,即便豁出性命也要执行。

我们当然知道,大部分战争是毫无意义的,在历史的长河中,男性的价值体系很容易坠入虚空。相比之下,女性因为具备生育特征,怀孕、生育,自然而然地收获,犹如播种,她们会天然地认为人生不是一片虚无,获得了人生的踏实感和价值感。在社会价值方面,她们看得不太重要。所以从某种意义上看,男性荒废人生的概率要大于女性。

就社会中男性的分布来说,最优秀和最恶劣的男性统计下来,都是为数不多的存在。

社会的男女婚配,在某种程度上可以说是中庸的男人与"整一化"的女人的组合,乔伊斯和契诃夫都曾提出过这种论点。中庸的男性群体特别大,他们与女性在一起的生活,说到底就是同质化的小日子。

在巴黎的拉雪兹公墓,我看到了王尔德、巴尔扎克、普鲁斯特、肖邦、莫里哀等众多文艺巨匠的墓地。王尔德的墓被修建得最大,也最热闹,周围摆满了鲜花,墓碑上甚至印满了红唇,其他人的墓与之对比,显得特别冷清,让旁观的我忽然觉得特别悲哀。

现实生活中,有很多没有勇气的人,尤其是男人,他们不敢像王尔德一样特立独行、反叛人生。所以,他们会把追求自由的精神以及对标新立异的喜爱和崇拜,都公然地表达在王尔德的墓地上,而这种崇拜与他们自己现实的生活状态相隔甚远,永不相融。

在堂·吉诃德和桑丘这两种人物代表中，90%的男人都是桑丘，只有少数的人活成了堂·吉诃德这样的挑战者。我一直认为，男性一定要多读一些类似契诃夫"灰色人生"主题的作品。什么是"灰色人生"？这是契诃夫的小说呈现出来的一种特点，人在面对冷酷现实与社会规则的时候如果选择了屈服，会在异化的道路上越走越远，逐渐被工具化。"灰色人生"不仅是指社会现实的灰色，还有人的精神里的那种冷漠、压抑和无力感，人逐渐被庞大的社会机器所吞没。这种故事会让人对自我有一种警惕，不要沉沦，要保持对美好的向往，也要自我反思，避免走到岔路上去。

以第二性来分析，法国结构主义哲学家雅克·拉康提出，由于女性在社会中没有固定的身份，她们更像是流动者，更具有革命性与革命精神。人类学家克洛德·列维-斯特劳斯在人类学研究中也有类似的发现。人类的血缘不能在内部循环，一定是要打破血缘圈，此时就天然地需要一个性别离开，加入另一个血缘圈中。纵观全世界的历史与现实，基本上都是女性走出去，走到更辽阔的世界，而男性则作为根系保留在原地，一代代传承下去。

女性群体天然地具有流动性，所以克洛德·列维-斯特劳斯认为女性是人类遗传基因的传播者、交流者，她们承担着基因"流动"的作用。在现代社会中，很多女性也是通过婚姻实现了"流动"。

我认识一位老师，他与妻子因为感情不和而离婚。离婚时妻子提出要求，让丈夫将她送去国外，丈夫利用关系将她送去了比利时，妻子在那里认识了一个比利时男人，两人结婚。后来妻子又跟比利时人离婚，辗转嫁给一个英国人；后又与英国人分手，最终与一个日本人走到了一起……这位妻子的经历，就是在这种全球化的婚姻中流动。雅克·拉康认为，女性有自己的流动性，她们的身份不是固化的，也不固定。男性的生存结构和政治结构更为固化，而女性并不适应那种硬性的社会框架。

女性对于男性所构建的权力架构和生活秩序，有着源自内心的不适应感。所以雅克·拉康认为，在文明的进化史中，女性的革命本能更为强烈。在近代史上，丁玲、萧红等人都表现出很强的革命性。

女性天然的革命性是很强的。在现代社会，女性几乎快被淹没了，可能正如波伏娃所说，女性往往在寻求安全感的过程中，与男性达成一种价值的交换：她们愿意放弃自己的自由，以换取男性提供的稳定生活。这种交换在一定程度上形成了女性内心隐藏的焦虑感，因为她们内心深处的渴望与现实生活中的真实状态存在着深层的对立。这种对立是矛盾的，也正确地反映了女性在社会转型中的心理状态。日本社会所涌现的"银发离婚"热潮，离婚需求基本都是女性提出的——丈夫退休了，拿回两份退休金，其中有妻子的一份，妻子还有医疗保险、养老保险，她们有了经济保障，可以选择离婚，追求自己想要的生活了。

我的理解是，女性生活的活性、可变性、弹性，其实是非常高的，比男性高许多。所以，女性是不必内耗的，机会与挑战同在。

女性之精微与万千

我在日本生活了几年,日本当地的风物小店,主要面向女性群体。那些有很多耳饰、项链等装饰品的店,我基本是不会进去的。有一次我去横滨办事,事后有点儿空闲时间,正好路过这样一家店,从店外看这家店的内部装潢设计得非常好,索性进去看看。我这才发现,这些女性用来装饰的小东西,呈现出的微观层面的创意是很独特的,精致且有美感。

在苏州,我有幸结识了一位名叫陆小琴的国家级工艺美术大师。她专注于核雕工艺,即在一种果核上进行雕刻的艺术。在一个小小的果核上,人物、风景无一不精,这要求创作者的心必须非常沉静,稍有不慎作品便毁于一旦。陆老师的微雕作品不仅呈现出传统文化中的山水楼阁、才子佳人等元素，还融入了现代艺术的创新意识，屡获大奖，展现了她独特的艺术风格与女性的细腻之美。

复旦大学数学科学学院有一对院士夫妇：中国唯一的女数学院士胡和生与她的丈夫谷超豪。有一次开会谷先生发言说，他和夫人一起做数学研究，深深地感到夫人对他的研究的推动。谷先生说他无论是做事情还是做数学研究都比较粗犷，大方向上虽有很多思路和想法，但细节上也有很多漏洞和注意不到的部分，这些漏缺之处都是他的夫人及时发现并指正的。后来谷先生获得国家最高科学技术奖时，他说这个奖里有一大半功劳都归于他的夫人。我听了很受感动，在男女的差异性里，女性的思维特点是会给生活带来不一样的丰富性的。

人类生活就是由宏观、中观、微观等多个层次构成的。女性对生活的体会，在细致方面的创造力和渗透力比男性要强得多，也有万千胸襟之女性，不沉溺于小情绪、小的爱恨里。

这个认识在我在云南时也得到了进一步的印证。云南当地的女性喜欢在衣服上挂缅桂花，这种花非常美，每个人的装饰风格各不相同。到了花开时节，她们有时会多采一些送给租客。汪曾祺在写他的昆明生活时也提到过，女房东送来的带着清香的缅桂花令他的心软软的。

我记得有一位哲学家说过：如果这个世界失去了男性，那么它将损失百分之八十的正；如果世界失去了女性，那么它就失去了百分之百的美。在美的创造、美的传递方面，女性发挥的作用是非常重要的。

女性与消费主义

过去的社会文化在某种程度上是病态的,因为它将女性视为自然物来对待。古希腊的哲学家如柏拉图、苏格拉底,他们虽然不完全歧视女性,认为女性同样具备治国思想,也可以很理智,但有时候他们也将女性视为"没发育完全的男人"。这种观念导致了一个普遍的问题,即将女性的价值与自然标尺相联系,认为女性最美的时光是在十七八岁或20岁出头的年轻时期。而古希腊将男性视为智慧的存在,认为男性到35岁左右才能达到人生最佳状态,因为此时男性经历了很多,智慧得到了提升,而身体也处在最强壮的时候。

尽管社会文明已经从古希腊发展至今，我们似乎仍然将女性定义为自然的存在。年轻女性更容易受到关注，人们关注她们的年龄和外貌，而忽视了她们的社会价值和精神价值。这也就导致整个社会消费主义偏向年轻女性。同时，商业活动往往认为女性的消费是缺乏理性的，是冲动型的。比如，当涉及购买汽车时，男性可能会关注车辆的动力、结构、充电方式等技术细节，而女性则可能更注重车辆外观是否好看。

女性消费的感性特点，会让商家觉得她们的生意好做，于是不断推出各种概念型的产品，吸引女性消费者购买。从利润角度看，女性市场更细分，从服装到化妆品，分门别类，琳琅满目，更易获得利润。而女性在相对性、差异性、攀比性里，也很容易释放出心理的满足感。

男性在消费方面也向往好东西。我认识很多热爱音响设备的男性，他们更愿意为昂贵的音箱买单，哪怕2万元的音箱在音质上的提升也并不显著。我有位苏州的朋友，家境普通，收入也不高，但他的音响设备价值却高达25万元。所以男性也会有很极致的物质欲望。他的"极致"里包含了对科学的追求,他知道每个部件的功能、每个单元的工作原理,以及每个进口部件的来源。这种对产品的深入了解和追求,使得他在消费中获得了巨大的满足感。

我有一位日本男性朋友还用着一台20世纪90年代的电脑,但他投入了大量资金对其进行改造。为提高电脑的运行速度,他使用液氮冷却剂来降低处理器的温度,他玩的就是对技术和高性能的追求。

女性在消费时可能更注重产品的外观,而不是深入的技术细节。

所以消费主义更愿意瞄准女性,一战之后出现了世界时尚大潮,《时尚通史》里面主要是讲女性消费。

年轻人中盛行的消费主义,有时候是观念的展现,有时候是情绪的抒发。通常我们认为女性更容易成为"购物狂",因为在男权社会里,女性可以支配的东西少,拿钱支配物,很容易获得一种畅快感、满足感。

我认为，人通过释放获得的最大的快感来自经历了艰难困苦之后取得的成就感。我的学生给影视公司写剧本，创作过程中经历了种种挑战，当作品最终完成时，他们能在休息中体会到充实、轻松、快乐。如果没有经历过这些挑战，那么所谓的快乐就只是流于表面，缺乏深度。真正的快乐是内心深处的平静和满足，而不是表面的欢愉。

人是需要疗愈的，需要无拘束的各种形态。而在女性文化中存在一个大问题，那就是她们追求自由，包括财务自由和消费自由，但这种自由的逻辑和价值基础在哪里？几千年的男性文化已经形成了一套完整的坐标体系，而现代女性在反抗传统、争取自主的同时，往往缺乏自己的思想系统。因为以前所有的系统都建构在男性文化框架里，包括现在许多女性学者使用的逻辑仍然是男性构建的逻辑体系。

女性自身有很澎湃的自然性，但归顺在这个社会系统里，有被压抑的成分在。物质消费的形式其实也是她们生命自身的释放。她们自由地购买，释放一点儿欲望，获得一种替代性满足，就把压力的一部分转移了。我们有时候觉得女性看重金钱，其实女性是通过金钱在这个世界建立起自己的坐标，购买力是女性衡量自己的价值和幸福与否的重要指标。

在现代社会的市场营销中，年轻女性群体常常被作为主要的目标市场。一个年轻女孩花钱可能缺乏预算意识，相比之下一个妈妈就会更加审慎地考虑。所以市场也就人为地倾向青春靓丽。但这也带来了一个非常麻烦的问题，市场过分强调青春靓丽，却忽略了当一位女性成为母亲、走入家庭后所承担的家庭和社会价值，以及她们在成为母亲之后还会有什么迫切的需要。正如康德所说的"绝对命令"，孩子就是绝对命令，母亲对孩子的爱是无限、无条件的。母亲对孩子的抚育、对家庭的维系推动我们整个人类社会向前发展，女性对社会的维护特别重要、特别宝贵。

我们现在的文化偏向是，女性一旦步入30多岁，成为主妇，她们在影视作品中的存在感便大大降低。社会对女性的看待往往停留在表面，将她们视为一种装饰或摆设，这种肤浅的看法对女性造成了极大的伤害。

很多年轻女孩，认为女性的核心价值就是年轻貌美，认为长得好看就是一种核心竞争力。我见过很多在化妆、打扮上投入了大量时间和资源的女孩。如果这些资源和精力被用于学习，我想，那她们肯定有不一样的收获。

面对这样的情况，我们不能从道理去讲发展，应该允许她们多一些生命体验。我认识一个女学生，爱好摄影，在雨后拍摄时，为了捕捉到最佳画面，她会毫不犹豫地趴在泥泞中。这种生命体验是很不一样的。

所谓女性三大害，从心理学总结就是自恋、自怜、自虐，"三自"心理很强烈，总把客观世界心理化，以为世界就是自己所认知的、所感觉的。我们应该避免陷入这个心理圈套。

谈谈女性之间的友谊

  女性之间的关系，本质上是男权社会投射出来的镜像，在男权社会的历史背景下，女性往往被视为可挑选的对象，这导致她们之间存在一种强烈的竞争关系。

  一定程度上，女性不是作为独立的主体存在的，而是在男性的主导下相互竞争而存在的。女性本身能拥有的社会资源，不管是文化资源、政治资源，抑或其他资源，都非常有限，只能在男性分配之余再获得分配，分割之后再分割。所以传统社会女性生存和发展的逻辑，就是尽量攀附强者，而不是成为强者。

男性在社会中追求权力,并享有支配的权力。古代社会所说,人生四大喜事中的"洞房花烛夜""金榜题名时",便是指男性的喜事。在社会关系架构里,男性对自己的归属、未来有把控权。女性在其中很难有掌控权,自古以来,女性是在男性的系统里生存的,没有主动权。

如果从人类溯源的角度看,女性和女性之间的关系,其实变成了连带的关系——女性跟随男性成为被支配的一方,女性可能又生下下一代女性。

在男权社会,由于女性没有主体性和主导性,现实中就会产生一个相对的问题,那就是女性之间的比较。女性与女性在日常交往的时候,很难基于自身内在的能力和价值进行交流,其中"外貌比较"就是明显的例子,但外在条件的优势不会赢得其他女性的钦佩,因为女性之间真正的竞争往往是内核的竞争。

女性之间的友谊关系往往表现为情感上的共情和言行上的互相安慰。女性在一起聊天抒发内心的不愉快时,很少提出具体的解决对策,通常是一个人发泄不满，其他人极力安慰或放大不满，这种友谊关系在很大程度上只能是一种情感上的支持，而非实质性的帮助。

所以在谈及女性友谊的时候，我们应该关注的是女性相互之间能提供什么，有一种怎样的生命建设和推动，这才是特别重要的。

女性作为一个从属性别，拥有自己的禁忌和遮蔽性，从而显得神秘，这种神秘性不仅是她们的自我保护机制，也是对男性主导社会的一种适应。在男性相对强势的社会环境中，如果女性以同样的强势面对世界和人际关系，她们会更容易受到侵害和攻击。因此，女性的隐而不显，实际上是一种本能的生存智慧。比如，许多女性都有自己的心事，这些心事往往无法与人分享，很多男性在跟女性打交道的时候，并不明白女性心里还有一个隐秘的世界，从而增加了女性的神秘感。

那么，女性所隐藏的世界能否在女性之间被打开呢？

即便是好朋友，女性之间也存在强烈的竞争，这是因为历史上的女性基本处于被挑选和被评价的境地。从人类学角度看，因为家庭制度，女性要离开自己的家庭，移动到另一个家庭中生活。她们往往通过与男性的关系来标榜自己的价值，例如她们的伴侣的社会地位、身份和财富，等等。所以女性之间除了处境的共性，无形之中还会有一种相互攀比的竞争性。她们在对比中希望自己比别人过得好，但这种心理不能表现在明面上。在她们相互之间亲热的表象下，可能内心还隐藏着复杂的小心思。女性友谊，实际在某种程度上有随意性。但这种随意性有时又会有一种冒犯感，比如自己无意识中的一点儿自我赞美对别人来说就好像是一种明目张胆的炫耀。

在心理学中，女性与男性的一个显著差异在于，女性感受到的世界具有强烈的主观色彩。女性世界很大程度上是心理化的，她们不是以理智、客观的方式来看待世界，而是将世界融入自己的感受之中。男性与社会的连接，更多是建立在对世界的客观化认识的基础之上,女性通过感受来体验世界,她们的世界也因此充满了喜、怒、哀、乐等情绪的起起伏伏,她们之间会因此拥有许多共同语言。

有一次,我经过上海虹口足球场,那天好像在举办韩国某男子团体的演唱会。虹口足球场本来是个专业足球场,平时是男性的声音喊声雷动,但那天我经过的时候,里边一片喧哗,仔细一听,基本是女性的声音,在这个场合中,她们因为共同的爱好而获得了强烈的共振,这是一种兴趣与情感的共鸣。

好的女性友谊,是互相欣赏和支持,它能产生一种推动力。丁玲当年到上海来,就受了王剑虹的影响。王剑虹是丁玲的挚友,当年她是新青年,向往革命、向往理想,对丁玲的影响特别大,丁玲后来成为红色作家,与王剑虹的激励和鼓舞有很大关系。

真正的女性友谊,是建立在共同创造有价值的事情之上的。

我认识复旦大学新闻学院毕业的两名女生,在校期间她们就关系要好,本科毕业后,她们一个去英国留学，一个去美国留学。学成之后，她们回国共同创办了一家影视公司，不仅拍摄纪录片，也拍摄商业广告，用广告的收入来支持纪录片的制作。之后，两个人又在南京注册了一家公司，主要是做微电影与短视频。令人羡慕的不仅仅是她们事业的蓬勃发展，更是两个女孩因拥有共同的热爱，在热爱中共同践行了自己的理想价值，也在共同的追求中互相推动，彼此前行，成为更好的人。

如果女性友谊只体现在生活中，就会发生很多可紧可松的事情，但如果她们能够共同做一项事业，就会有所不同，彼此的推动会让她们得到成长，让生命更有意义，更有价值。

现代的女性友谊，不仅需要宽广、细腻、充满情感的支持，还需要双方同频共振，对人生目标、精神领域有一致的追求，如此，女性才能携手前行，走得更远。

现在的女性不再被挑选，不再被选择，她们拥有自己的价值观，拥有让自己立足于社会的特长，拥有自己热爱并能坚持去做的事情。在这样特定的环境中，有价值的女性友谊是特别宝贵的，也是当下社会所需要的精神火种。

谈谈女性之间的竞争

这些年宫斗剧一直很流行,讲女性之间的竞争、斗争。但这种竞争是非常狭隘的,也没有什么价值观的含量,只是为了自己或孩子的地位。在传统环境里,女性没有自己的立足点和生产领域,没有自己的公共空间和社会空间,所以她们被挑选、被控制。在这样的背景下,女性间的竞争目的就在于"得到",由此所产生的文化、文明以及精神的创造性质量非常差。因为女性之间的这种竞争比较的是相对值,即一个人要比另一个人地位高、权力大,获得的东西尤其是物质层面的东西更多,这种竞争下形成的文化是比较粗糙的。而真正的文明需要的是绝对值,是有内核的。

现代社会，竞争应该是另外一种概念：着眼于自身的价值点，要竞争创造性，竞争劳动性，竞争在对社会的推动上谁能贡献更大的力量。

探险家麦哲伦想竞争什么呢？哥伦布是在横渡大西洋时发现的新大陆，而麦哲伦想探索一条连接太平洋和大西洋的航线。因为地球是个球体，他相信一定存在一条通道连接两大洋，他要做这项探险的第一人。尽管经历了无数挑战，包括误入内河、船员逃跑、食物短缺等，但他最终还是成功地穿越了海峡，发现了通往太平洋的通道。这条被穿越的海峡也被命名为"麦哲伦海峡"。

人类需要竞争性。在竞争中，社会才会推陈出新。市场规则就是这样，大家都在开发新产品，谁先开发出来，谁就能占领市场。其中当然会有失败者，但是整个社会就在这种激烈的竞争中加速了更新。

女性之间的竞争应该是正向的、积极的，是比较谁的视野更开阔、谁对世界的发现更充分、谁对世界的输出做得更好，然后把这种更好的能量传递给对方，促成彼此的人文养成。

今天的女性，与世界的关系日益紧密，她们不再是以前养在深闺里的人，现代女性有自己深厚的积累，有自己独到的世界观和认知。她们还有自己的创造性，有各种潜在的可能。现代女性之间的竞争不再仅仅是为了获得社会地位或财富，而是更多地关注于个人潜能的发掘和自我价值的实现。她们之间的竞争应当是建设性的、能够促进个人成长和社会进步的，而不是简单的输赢游戏。

竞争，或者说好强是不想输给自己或别人，这跟不准别人赢是完全不同的思考层次。通过良性的竞争，女性不仅能够提升自我，也能够共同推动性别平等和整个社会的发展。

"那不勒斯四部曲"中的女性友谊与战争

在探讨女性友谊的文学作品和影视剧中,我们不难发现一种特殊的竞争关系。以"那不勒斯四部曲"为例,这套作品中展现了两位女性之间激烈的竞争,这种关系在中国的文学作品中相对少见。在这些作品中,女性之间的互动往往被描绘为一种攀比、一种琐碎的竞争,或者是一方必须战胜另一方的对抗性竞争,而不是共同庆祝各自的胜利,或者展现各自独特的精神面貌和共同的胜利。像"那不勒斯四部曲"中"完全的信任和强烈的感情会导致忿恨、诡计和背叛。在小说历史上,女性友谊是一片未知区域,没有固定的规则，任何一切都可能会发生。在小说中，对这种女性友谊的探索，非常艰巨，这是一场赌博，一种艰苦而激烈的承担。每走一步，你都要面临那种风险，即故事的诚实会被好心、伪善的算计和那种令人作呕地拔高女性友谊的意识形态所蒙蔽"。这种差异背后，反映了不同文化之间各自的逻辑和价值观。比如，拉丁文化与盎格鲁-撒克逊文化有着显著的不同，而中国的儒家文化和世俗文化也有其独特之处。

"2011年至2014年，埃莱娜·费兰特以每年一本的频率出版《我的天才女友》《新名字的故事》《离开的，留下的》和《失踪的孩子》，这四部情节相关的小说被称为'那不勒斯四部曲'。它们以史诗般的体例，描述了两个在那不勒斯贫困社区出生的女孩持续半个世纪的友谊，尖锐又细腻地探讨了女性命运的复杂性和深度。"

我觉得像"那不勒斯四部曲"这类文学作品，故事看上去或许很感人，但如果把它放到中国传统语境里，其实会有很大的势差。

20世纪初，一大批日本人移居巴西，但这些日本人往往又把自己的子孙后代送回日本去。这些孩子本来以为回到自己的文化母国会很高兴，来了以后却全然不适应。因为在巴西的时候，他们见面要拥抱，经常喝酒、跳舞，互相之间很热情。他们总结日本是个沉默的国家，这里到处都很安静，人和人之间关系疏淡。日本的人情关系确实如此。我有个很要好的日本同学，他连弟弟学什么专业都不知道。

国家与国家的文化异同，也能建立深厚的联系。比如，很多法国人欣赏中国文化，但在现实中，中国与英、美等国的关系更为深厚。这种深层次的联系主要源于文化内层的基本观念和关于人的基本价值的共通性。在审美层面上，我们或许很欣赏波伏娃这样的女性，很欣赏波德莱尔、叶芝、惠特曼这些作者所书写的蕴含西方文化的作品，若将这些作品所体现的价值观念和生活方式真正转化为中国女性现实生活的一部分，会存在一定的差距。这种差距可能源于文化、社会结构、价值观念的差异以及日常生活中的实际挑战。

像杜拉斯这样的作家，以其自由、反叛和独立的精神著称，虽然她在中国受到欣赏，但她的作品在中国的文化土壤中并没有成为显性的符号。同样，安德烈·纪德的作品早在20世纪30年代便被介绍给中国读者，但至今仍未在中国形成广泛的影响力。这种现象提示我们：在女性文化领域，我们需要警惕一种趋势，即某些西方文化元素虽然在中国流行，但它们仅仅停留在审美层面，并没有深入人们的日常生活和精神世界中。这些作品虽然在艺术上受到赞赏，但它们所代表的价值观念和生活方式也与中国的实际情况存在一定的距离。

相对而言，英系文学作品，如《简·爱》《呼啸山庄》，在中国的传播面更广，接受度更高。这些作品不仅在文学上受到推崇，而且它们所传达的精神理念和价值观念也与中国读者产生了更深的共鸣，成为文化交流中一种有力的存在。

像安伯托·艾柯这样的思想家，那么聪明，那么有智慧，但在中国，他们的作品实际上并没有得到广泛的阅读和重视。这种现象在福柯等哲学家身上也有所体现。尽管福柯的思想对于当代中国具有特别的价值和意义，但真正深入阅读和理解福柯作品的人并不多，部分原因在于这些作品存在着较高的阅读门槛。

文化传播中有个词叫"文化折扣"，指的是在跨文化传播过程中，由于语言和文化差异，作品的原始意义和价值可能会大打折扣。这种折扣在语言转换时尤为明显，因为语言不仅是沟通的工具，更是文化的载体。

再比如俄罗斯的宗教传统虽然具有深厚的文化背景，但在中国，人们似乎更容易吸收19世纪俄罗斯文学中的"黄金时代"和"白银时代"的作品。这是因为这些作品往往与农奴制、土地制以及对人类的怜悯等主题紧密相连，它们体现了一种群体性的、宏观的价值观念和情感。这些元素与中国儒家文化系统中的宏大叙事有着共鸣之处，因此这些文学作品在中国的传播过程中，能够较为顺利地被转换、理解和接受。

我在韩国教书的时候，有一位韩国学生跟我说的话让我很有感触。大概在1988年的时候，韩国学生对日本歌曲并不感兴趣，甚至有些反感。他们觉得日本男歌手的发型和舞台表现过于颓废，不符合他们的审美。然而，到了1998年，随着城市化和现代化的发展，韩国青年开始感受到孤独感、漂泊感以及在这个世界中的无依无靠感和渺小感。在这样的背景下，他们重新聆听日本歌曲时，才真正体会到了歌曲中所表达的情感和生活的脆弱感。霓虹灯下的生活让他们感受到了苍凉，这时他们才意识到，日本歌曲中所描绘的，正是他们自己的生存状态。

所以我觉得随着时间的推移，未来的青年在看"那不勒斯四部曲"这样的作品时，将会有更深刻的共鸣和共情。他们将会在作品中看到自己的生活，感受到作品与自己生命的紧密联系，从而产生强烈的情感共鸣。

小说不仅讲两个女性的友谊和战争，更是讲社会变迁中的政治运动、阶层跃迁、女性主义的觉醒与崛起，好的小说都有文学性也有历史感。我也看到意大利那个年代普通民众竟然有那么好的借阅习惯，值得礼赞。

女性与阅读

在世界上能够给大地布满温暖的只有两种美好的东西：一种是阳光，一种是书。没有一寸土地不曾被阳光照耀，没有一个地方未曾被书籍描写。

读书犹如击水行舟，每一段行程都有别样的风景。女性应该要过一种有深度的生活，热爱读书就是热爱生命，读书有多远，世界就有多大。

一本《在人间》，能让人触摸到金字塔社会最广阔的底部，感受到人类凹凸不平的生存真相，读过之后，就再也不会用一个简单的概念去描绘人世间的百般生态了。

初读《枕草子》，让我难忘那一刻的顿悟：生活如潺潺流动的水，每一秒都晶莹闪亮。我们的心却像一个大筛子，让大量的珍贵不知不觉地漏走。生命的第一要义是感受力，而满世界急匆匆的脚步，只让人们走马观花。若是能经常读一读《枕草子》，我们的心还会那么浮躁吗？

《堂·吉诃德》是一本令人"不敢直视"的书。一个青年，如果没有一点儿不自量力的精神，不做一点儿让人发笑的傻事，那生活还有什么意外和创造力呢？青春之所以值得怀念，就在于不成熟中的勇气，在于不知天高地厚的行动力。一本《堂·吉诃德》，打动我们的不就是这傻乎乎的诗意吗？堂·吉诃德与桑丘合在一块儿，俨然一部人类历史：一个个"堂·吉诃德"冲锋陷阵，绝大部分死于风口浪尖；一代代桑丘随时等待，一面嘲笑着倒下的勇者，另一面准备收获侥幸成功者带回的果实。这听上去好像很残酷，但恰好写出了人类本色。最难办的是放下这本书的那一刻，人们不得不面临这样一个问题：是当堂·吉诃德还是桑丘？这个问题不好回答，且会缠绕人的一生。

《小城畸人》是一本值得反复阅读的书，初看它讲的是别人的故事，渐渐地才明白它讲的是我们每个人。读后对那些以伟人、贤人、智人自居的人有了警惕。要过一种反思的生活，无论男女老幼，都应如此。在任何"完美"生活的深处，都充满着隐患。

犹太作家辛格笔下的人物，既堕落又崇高，魔性和神性在同一个身体里呼呼转动，灵光闪闪。人最可悲的不是平庸，而是甘于平庸。《辛格自选集》这本书的深意不是嘲讽，而是拯救。

我选的好小说都有一个标准：小说中有没有一个令人难忘的高峰点燃整个作品的内在生命。伟大小说的力量，最终都是与整个世界和解，而不是抱怨、仇恨。初读奥康纳的《好人难寻》，我十分震惊，一位女作家，为何能写出这么多不可思议的暴力事件？奥康纳的同情更多的是站在"沦落人"一边，在"原罪"的黑暗中，暴力与拯救建立起相辅相成的神圣关系。人们不但要感谢大善，更要感谢冷酷无情的大恶——这样的理念与中国传统思想格格不入，让人无法热爱它。但经典小说并不是让你热爱的，而是让你在"格格不入"的枪口下，被押送到陌生的世界，发现自己真实的存在，领悟自我意识中的虚假与荒诞。

门罗是我内心无比钦佩的女作家，这个"女"字分量十足，是任何男作家都无法替代的。门罗的小说里，弥漫着男作家看不到的细节，更不用说细节背后男性无法体会的女性心理世界。

林芙美子的《放浪记》是一本放在我心里的书，无论哪个季节打开，都不觉陌生。林芙美子12岁就退学了，跟随妈妈和继父颠沛流离，行走在北九州的穷街陋巷。一个小姑娘，面对辛苦的生存，不知不觉地从文学中获得温暖，这是多么神秘的打开！有文学的才具，还需要底层世界点点滴滴的展开，写作的热量才能不断升温，膨胀出不可湮灭的喧哗与骚动。很多女孩具有写作的潜质，但因为生活优渥而窄化了内心，越长大越逃避最开阔的社会底层。即使写作，也因为社会空间狭窄，过分依赖细节的修饰和语言的烹调，字里行间都是岁月的寂寥。林芙美子的不幸正是她的幸运,她经历了当女佣、摆地摊、做女招待、做低级文秘的种种艰辛,身心似乎破碎得不可收拾,只有写日记、诗歌、童话,才能把生活连缀起来。这样的写作绝不是"体验生活",也没有任何泡沫,每一个字都来自肉体的挣扎和精神的困厄,如她所说,"写作让我感觉到异常的充实,使我忘记了男人的抛弃、身无分文和饥肠辘辘"。

母女关系是英国作家毛姆的《面纱》中值得细细体会的主题。凯蒂的妈妈贾斯汀夫人"是个尖酸刻薄的女人,她支配欲极强",年轻时的愿望是丈夫可以飞黄腾达,自己跟着享受荣华富贵。这个愿望落空之后,她随之而来的愿望是女儿嫁到上流社会,让自己风光无限。是用女儿的婚事实现自己的人生梦想,还是让女儿在自己的爱情选择中建立独立生命的起点?这是完全不同的价值观,划分了母女关系中的恶与善。尽管凯蒂反感母亲的强势安排,但她在家庭生活的潜移默化中,还是继承了母亲的生存逻辑。凯蒂为了解决自己的困境嫁给了瓦尔特,却像狗一样伤害了自己的丈夫；受伤的瓦尔特反过来也焕发了"狗性"，逼迫凯蒂来到湄潭府这个死地。

《面纱》云遮雾罩，深藏着现代人生命中的一道道高坎。明察者未必自明，起点未必决定终点。世上的人大部分都是凯蒂，脆弱、单薄、满身束缚，很难像《面纱》中的女修道院院长一样"抛弃了琐屑、庸碌的一生，把自己交给了牺牲与祈祷的生活"。人生就是撩去面纱的过程，劳作、恋爱、婚姻、独行……都是修炼。拨开阴影一重重，才发现逝者如斯，万事都流走，只留下一句《面纱》中的箴言："征服自己的人是最强的人。"

一个人应该有三四本伴随一生的书，它们不断地打开你，相互发现，相互改变。好书是一棵年年开花的树，种在自家的小院里。一个苹果掉下来，可以砸出万有引力，没有"树"的人，哪里会有脑洞大开的快乐！

天地就是个大书房，书连接着古往今来的作者与读者，悲辛冷暖一生看不尽。不读书的生活多么窄小，一辈子打不开，人和世界永远是割裂的。

女性与情绪价值

现在女性的地位较之以往更高,她们也更有话语权了,但现代社会整体对女性还是有一些固有的偏见。一个我们常见的误解是,女性好像更脆弱,对于直接的批评和负面反馈难以接受,需要更多的情绪价值支撑。这种观点实际上是基于一种惯性思维,也体现了男性视角的局限性。

我在接待和采访法国著名女思想家茱莉亚·克里斯蒂娃时,就听她谈及法国文化中男性对女性的看法:法国男性往往将女性视为孩童,认为她们需要被哄骗,以及被宠爱。在这种文化背景下,女性在表达自己的观点时,往往被忽视或不被认真对待,从而阻碍了她们在思想和意识上的成熟与成长。

克里斯蒂娃还提到了法国咖啡馆文化与男性、女性的关系。她说法国被誉为"咖啡馆之国",曾有超过5万家的咖啡馆,在过去,女性喜欢逛街购物,而男性通常不喜欢这种活动。为了避免冲突,丈夫会陪同妻子出门,但为了防止引起不愉快,他们会选择在购物场所附近的咖啡馆里等待,男性在咖啡馆中社交,女性则在商店中购物。这种安排使得咖啡馆成了男性的社交场所,同时也反映了一种性别角色的划分。

现在随着购物环境的变化,人们不再需要频繁出门购物,男性社交需求的减少,导致咖啡馆的数量也渐渐减少了。根据不完全统计,法国原有的5万多家咖啡馆已经减少了1万多家。

女性的表达被忽视不仅体现在男女社交场景中,在夫妻关系中同样有所体现。我认为在现代社会中,夫妻关系的和谐与否往往取决于双方的沟通和理解。

我曾听闻一位福建离异女性的故事,这位女性离婚的原因并非丈夫的不忠或家庭暴力,而是因为在现实生活中,自己的情感需求常常被忽视,她感到了不可名状的孤独。

她的丈夫经常因为工作加班而深夜不归,虽然她理解丈夫工作繁忙,但内心深处仍然渴望丈夫的陪伴和关心。当妻子的需求被忽略时,自然会产生失望,产生对抗。而当丈夫结束一天的工作,疲惫地回到家里,看到妻子不悦的脸色时,也无比委屈,负面情绪的累积最终导致两人之间的冷战。妻子希望丈夫能在忙碌之余给予自己一些关心和安慰,男性的生活逻辑却是相反的,丈夫认为自己辛苦工作是为了家庭的幸福,却得不到妻子的理解和支持。这种性别意识的差异,导致夫妻之间的沟通遭遇障碍,最终引发夫妻关系破裂。

在现代社会的人际关系中,情感需求的满足对于维持健康和谐的伴侣关系至关重要。一位女性朋友曾向我诉苦,她的男朋友总是甜言蜜语,无论她是对是错，他都会把问题揽过去，哄她开心，但她心里隐隐觉得这样不太对。在很多情况下，男性可能会忽视或漠视女性的情感需求，他们会从自己的逻辑出发，难以理解女性的感受。我提醒我的朋友，在明知她犯错的情况下，男朋友还总是哄她，说不是她的错，这也是不可取的，会埋下两性关系的隐患。人与人之间的相处，不可避免地充满矛盾，我们要勇敢地、真诚地面对彼此的不同，而不是一味回避矛盾。现实价值与情绪价值是有区隔的。

男性不由分说地哄女性开心，做一些让她们开心的事情，这种行为在恋爱初期无可厚非，但随着关系的加深，如果男性还是选择只说女性喜欢听的话，基本可以判断为不坦诚，只是敷衍之语，是为了避免冲突。这种感情看似无害，实则是不健康的。

因为这反映了男性游戏化的态度，他其实是在表演，或者这样做更简单，能暂时安慰女性的情绪，避免更多的"麻烦"，而不是真诚地与女性沟通。

长此以往，这种缺乏真诚和深度的交流会导致两性关系的虚假和疏远，没有共同成长的过程，没有生命深度的融合，两性关系的问题就会后患无穷。

人，应该活在真实里——真实的现实社会里，真实的情感流动里，而不是虚幻里。

PART 2
生活之问

年轻人一定要找到自我吗？

在现代社会，人可能终其一生也难以认清生活和生命的本质，很难明晰自己究竟想要什么。因为人的内在需求是动态的、发展的，外部的社会需求也是动态的、前进的。

在传统的农业社会，人们的生活很简单，所面临的无非是劳动和生存问题。人们只需要关心柴米油盐，跟随着春种秋收的自然节奏，维持吃饱穿暖的状态。彼时的人们按照天人合一的节奏来生活，用不着思考自我，用不着考虑个人的活法，就可以自足自乐。

到了工业化时期，新的科技、新的技术、新的生产力应运而生，人被迫与社会产生另一种联系。在巨大的社会运转程序中,每个人都需要做好自己分内的事情。从某种意义上讲,时代的宏大价值已经为个人做出了定义,个人的选择在时代的定义之中。

如今我们被赋予了时代性的要求,也意味着在这个时代性的历史框架里,我们先要明确一个问题:自己是什么时代的人,又或者是,要深刻地去理解、认识、探究"我是一个什么世界的人"。

2500多年前的欧洲,一个人可以说自己是希腊时期的人,当时的希腊哲学家们特别强调,人要发现自己的本质,获得自己的价值。苏格拉底和柏拉图通常采用演绎法解释一切,柏拉图就曾在《理想国》中通过苏格拉底和格劳孔的对话,提出了著名的"洞穴理论":在一个山洞里,有几个背对洞口、面朝洞壁被绑着不能动弹的人,洞口有一堆火,这些人只能看见通过火光映照在洞壁上的往来木偶的影子,以为这就是现实世界。直到有一天,一个人勇敢地挣脱束缚,来到洞口,看到了洞外的一切,他们才终于知道真实的世界什么样。

人若要对自我进行定义，即找到真实的自我，首先要知道自己是什么世界的人。柏拉图认为，这个"世界理念"是最重要的，"洞穴理论"就清楚地表达了这一观点。

这一理论也非常具有启蒙性，那什么是真实的自我呢？

人要认识到自己是一个需要走出洞穴、被光照亮的人，要知道自我的认知和这个世界的本质有着十万八千里之差，真实的世界与认知也许是完全相反的。古希腊人的观点认为，人生的本质其实是追寻理念的过程，应该按照世界的本质来生活，过滤掉各种肤浅的表象。所以，在这种状态下，人想要认识自我，需要经历一个思考与探索的过程。

到了亚里士多德时代，哲学家们认为生活不是像柏拉图所说的，是被"演绎"出来的；他们认为生活实际上就是经验，是通过不断归纳，最后人们获得一种对世界的总结性体悟。从这个定义上说，我们的一生可能就是在实践性的关系里，不断地形成自我，形成对世界的体认。

我们要认识到自己身处什么时代，或者更具体一些，要认识自己所处的时空有哪些节点，不仅要沿着历史长河追溯，还要看到世界的多元性。比如，遥远的古希腊时代发生的事情，看上去跟我们毫无关系，我们想要认识自己是谁，似乎不必溯源至彼，但现代很多思想都是从那个时期演变而来的，比如人文主义精神。每个人的文化品格的形成，都有一种"多源性"。正是这种"多源性"，让我们无法整体认识自己。

这个世界是多源的，每一源都有自己的节点，各种因素互相影响，所以一个人身上可能就呈现出一种混杂性，有时候自己也理不清楚。

如果按照西方启蒙主义思想来说，"自我"就是lighting，即有一束光照亮自己，这个发现自我的门槛是很高的。现在，很多大学都开始设置通识教育课程，通识就是给我们建立生命的坐标。比如，古代社会的"通识"，基本就是如何耕地种粮、如何遵从孝道、如何维护好伦理关系等，这种通识教育是比较朴素的，是依托于血缘关系、家族关系，从自然经济中产生的。

现代社会的"通识"是为了寻找自我。一个人有良好的自我，首先要有非常好的"通识"。通识不是人为构造出来的知识，而是我们人类获得的所有常识的沉淀，良好的自我必须有这样一个生命的坐标系。但今天这个时代，我们认识自我的难度空前之大。每个人都是活在巨人肩膀之上的，接触了非常丰富的人类文明既有成果，导致生活变得特别复杂，生发的欲望也就特别多。

美国悲剧作家尤金·奥尼尔认为，现代人最大的问题就是难以整合自己的欲望，他在著名的戏剧《榆树下的欲望》中，描绘了一棵枝杈向四面八方伸展的大榆树，以此象征人的内心各种挣扎的欲望。除了内心的欲望外，还有因为外部世界的驱使而产生的欲望。如《楚门的世界》中，外部环境不断地给个体制造一些欲望、目标和追求，内外双重的因素影响，导致我们对自己的认识难上加难。马尔库塞则认为，所谓的"自我"，实际上都是外部环境植入的。比如我们今天常说的"诗和远方","诗"是什么,"远方"是什么,其实自己并不清楚。

20世纪之后几乎所有的人文主题,特别是文学、戏剧、电影,最核心的问题就是寻找自我。美国作家耶茨、法国哲学家萨特等倡导存在主义的人,都在拼命思索这个问题:"自我"到底是什么?

在青年阶段,年轻人还承载不了"自我"这么一个深刻而宏大的命题,能在此阶段"安身",但很难做到"立命"。认识自我以后,他们才有不惑之感,才有一种精神的扎根感。但我们今天的生活,年轻人还处在"安身"的压力下,换言之,他们还都处在生存竞争中,而认识自我是要在发展竞争中、在得失之间才能逐渐体会到生命内部的愿望,才能体会到自己生命深处不可更移的本质,才能认识到可以终生去追求的价值。

斯多葛主义认为,在生活的诸多方面中,人们应当认识到哪些事物是可以控制的,哪些是不可控制的。罗马帝国五贤帝时代的最后一位皇帝奥勒留对此也有精辟的认识:一个人应当有力量去承受不可改变的事物,同时也应有勇气改变可改变的事物。这正是个人认识自我的核心所在。实际上,对自我的认识,永远是在自我形成之后,这是由时代发展决定的。

每个人要认识自我,都需要经过一个漫长的探索阶段,今天的年轻人,不必存有非要在某个时刻认识到完整自我的误解。

年轻人如何培养看世界的眼光?

我们看世界,如果站位不一样,价值观也会不一样。西方人看世界,带着他们自己的角度和站位。众所周知,中国古代的四大发明——造纸术、指南针、火药、印刷术,对世界文明的发展产生了巨大的推动作用。

西方人认为这些东西传入西方后,融合了他们的创造,就是他们自己的东西了。他们想要重新定义世界,甚至不惜诉诸武力。尤其是工业革命以后,西方人认为现代世界的形成和发展,其实是他们推动的。

中国青年所面临的文化难题,就是要建立与聚焦自己看世界的眼光,在常识上打破上述西方视角的叙事。西方启蒙主义时代有一本特别重要的书——美国作家托马斯·潘恩所写的《常识》，常识究竟是什么？所谓常识不是油盐酱醋茶，而是关于我们这个世界，关于我们整个人类走过的不同节点。时至今日，我们可能仍处在一个常识稀缺的时代。中国现在是世界第一制造大国，是世界工厂，我们有坚实的能量基础。从全球化的视角看去，我们必须有自己的定位，并用一种独特的眼光和视野来认识这个世界，这就需要建立常识，建立对自我的认识。但现在这个问题还没有被重视起来，我们还没有形成特别好的精神框架。

《孟子·离娄下》有一句话，"盈科而后进"。"科"就是指小坑小洼，水流经过，总要把这些坑都填满，才能继续往前走，这是自然之道。这个填满的过程就是一个人停顿、反思、沉淀的过程。年轻人在认识自我及世界时，应该是每走过一段路，就给这个"科""盈"一下水，把它灌满，沉淀之后，水变得清澈一些，再继续往前走。

这是当下每个人应当追求的理想状态。然而年轻人的实际状态是,他们带着茫然与懵懂往前跑,不断地衍生新的欲望,缺乏连贯的认知。年轻人都是带着"坎"前进,行进中也遗留了大量空白。空白是如何产生的呢?就是社会发展太快,这个阶段的问题还没解决,人就带着巨大的内在精神挫折或者内在的混沌拼命赶往下一个阶段了。且这个过程并非一次性的,而是不停地带着"坎"前往盲区。从理论上来说,我们对生命的追索应该像医学上的胃镜检查一样,有曲曲折折探进去的连续的过程,但我们今天的生活都是碎片化的,这种碎片化很容易造成记忆流失,哪怕是连续的过程,记忆也是破碎的。

马塞尔·普鲁斯特的《追忆似水年华》就表达了这样一种观点,我们需要对生活有细节化的感受。一个对生活没有细节感受的人,他的自我认知必然是很单薄的,如同蜻蜓点水般,很容易与世界擦肩而过,很难有深度的自我冷暖的体验。当然,这是时代造成的——工业的大力发展、人口从乡村到城市的快速流动、绩优主义的考核等,对人精神根系的要求并不是需要其茁壮成长，而是只要能快速聚合，形成科层制的合理化、效率化，就可以了。

在现在的时代节点上，当生存竞争的效应达到了一定程度，人所得到的快乐感、收获感会越来越少，这就是所谓的"边际递减效应"。所以，当下的人们更容易对人生、对个人活法产生怀疑：这是我想要的人生吗？人们会停下来思考：我的生命是什么？我应该做什么才能令自己快乐？

在阿瑟·米勒的《推销员之死》中，推销员想用量的标准来替代自己的价值标准，他想做全国最好的推销员，这种幻想给了他一种充满英雄气概的斗志。然而他的两个儿子特别不争气，小儿子偷改学习成绩，后来又养成了小偷小摸的坏习惯；大儿子更是让人灰心丧气。但是他总觉得他们不一样，他被虚幻构建的未来欺骗着。最后，推销员悲哀地发现自己这一生可能都活在一个巨大的幻觉和骗局里，于是他选择了自杀，跑到外面故意被车撞死，只是为了给身陷困境的家人带来一笔价格不菲的赔偿费。

人生的问题、自我的问题确实值得思考。但这有点像西西弗斯的神话，很难解。我们前面有太多的坑要填满，这种迫切性的存在，推动着我们去进行新的实践，去践行新的活法。传统农业社会"种瓜得瓜，种豆得豆"式的简单而明确的思维方式，在今天需要升级了。

今天这个时代，需要年轻人有一点儿"悲剧感"，这个悲剧不是"死亡"意义上的悲剧，而是生活中难免的"未实现"，实现不了没有关系，关键是你有没有经历过"努力去实现"的这个过程。这个世界有很多人为无法主导、决定的事情，即便我们朝着这个方向去努力，但实际上达成的也可能是另外的结果。所以不要用已经实现的东西来定义自我、质疑生活，因为世界充满了不受人控制的"荒诞性"。

如何理解个人的独特性与社会的吞没性之间的关系?

古代社会,普通大众都被称为"子民"。在家族中被称为"子",要恪守孝道;在外界是"民",需要对君王忠贞不贰。每个人的身份和职责无外乎此。

现代社会的我们,几乎都是板块性生存,生活在群体之中,有着多重的家庭身份和社会身份。在这种情况下,任何个人的独特之处,在某种意义上都是对他人的"否定"。然而人最重要的价值,就是差异的价值,现代社会需要人和人的"对流"、人和人的互补、人和人的相互诉说,每个人都要有自己的故事,都要有自己丰富多彩的人生。

在城市化发展过程中,出现了"市民",他们遵循市场原则,每个人都有自己关心的利益,互相之间等价交换,在彼此认可的规则之下约束行为,形成价值观念。比市民更高一级的是公民。公民是随着社会的发展和法律制度的完善而形成的,强调个人与国家的关系;市民则更多地与城市化进程和城市社区的发展相关联,强调的是居住地或社区的属性。实现从市民到公民的跨越,是很不容易的进化过程。

公民有很多超越市场性的内涵,公民看到当下对自己并无益处的公共事务,还是会义不容辞地维护;即便有些规则对自己不利,但为了公共利益,公民还是会承担相应的义务,这就是公民素质。

公民素质的形成需要漫长的过程。我们对自己的认识定位是子民、市民还是公民?恐怕现在很多人还是"子民"心态,还有一些人身份是市民,但思想上还没达到"市民"的程度,更遑论公民。

城市文化的建设,不仅仅是楼房、道路等物质层面的建设,更需要有适应社会市场系统的价值观。比如，等价交换中也有对别人的尊重，社会系统中的法制规则取代了人们的信仰，变成整个社会公认的需要共同遵守的最高准则。市民的生活方式，比如衣食住行、公共消费、休闲娱乐等都包含了丰富的社交。

目前我们的基础还很单薄，很多事物还只停留在"物"的层面。比如，现在的购物方式，其中蕴含的不仅有大量的物的流动，背后还有文化流、文明流，有地域文化、地理属性和人文属性，甚至有非物质文化的传承。很多人只看到了物质的一面，没看到非物质的一面。

真正的市民生活，市民的需求是非常有现代感和文化内涵的，它是一个向内求的过程。

我在日本生活的那段时间，发现日本人在坐新干线、火车等交通工具时，基本原则是不使用手机。我有个学生毕业后从事记者工作，在日本出差乘坐公共交通时接到单位来电，他习惯性地接听了。这时就有个老人走过去，问他为什么要在列车上接电话。老人认为在车上接电话是不尊重大家休息权利的表现，若有紧急的事他可以在下一站下车去接，这就是不同社会文化下形成的不一样的"隐形规则"。在公共交通上，有的人可能需要打一会儿瞌睡，有的人喜欢在车上看报刊，如果有声音，会在无形中占据大家的公共空间，损害大家的公共权益。

在城市的高度竞争中，很容易出现一些"唯我主义"的人，看到别人的行为，认为自己也可以如此。有一次我在一家快餐店就餐，当时正值高峰期，看到墙角有一个空位，我就端着餐盘准备过去。快到座位时，另一边一个离我约四米远的女人也快步走来，因为她离座位较我离得远，她竟隔空把手提包扔过去先占座，人随后才快步走过来坐下，且面无愧色。我当时十分震惊，觉得简直不可理喻。城市里有很多这种"唯我主义"的道德陷阱，有时候大家会觉得世界就是这样，这就会导致一种观念：人都要自私一点儿。

这种以自私为轴心的游戏规则很容易产生一种吞没性，让人觉得所有人都是自私的。如果不自私，就是损失自己的利益,所以要尽可能为自己着想,事事把自己放置在第一位。其实这样就把自己吞没了,流于世俗,泯然众人,还自以为寻觅到了平衡与合理性。

人类社会的发展规律,注定人要将自己的部分劳动所得拿出来做贡献。我们一定要深刻地认识到,这个世界其实是有很多弱者需要救助的。在整个人类生活中,一个人必然要拿出资源去救助弱者,你认为没有,那是因为你可能不是救助的直接实施者。人类之所以变成整个地球上最强大的生灵,就是因为我们有最基本的善念和本能——救助弱者。如果不救助弱者,任其死亡,就会诞生新的弱者,相对来说还不太弱的,变成新的弱者,然后又被抛弃,之后又会出现新的弱者,直到人类最后灭亡。所以我们必须救助弱者。正是因为救助弱者,形成了互相帮助的习惯,远古的智人才可以在那么糟糕的自然环境中存活下来,逐步进化成今天高级的、有情感的和理智的人类。

对社会的评判准则,我认为联合国在《人类发展报告》中提出的人类发展指数的标准特别好。一个是可期的平均寿命，这个指数表面上是生理标准，实际上其背后涉及人类的生命呵护系统，如医疗卫生福利；一个是人的受教育程度，特别是女性的中等教育入学率；还有一个是人的生活质量。另外，在联合国教科文组织通过的《保护世界文化和自然遗产公约》中关于世界文化遗产和自然遗产的衡量标准，也特别好。

一个好的社会，不只是一个平面系统，它还有文明的丰盈。

一个好的社会，有一种连续性，既要有游牧时代、农业时代的传统，也要有工业时代、后工业时代的新元素，如此形成好的连续性，不断地积累、更新，不断地有新选择。

一个好的社会，有一种公平性，既要给每个人的独特性以充分展示的平台，也让每个人自得其所地在自己应该在的位置上发光发热。

年轻人用什么样的方式衡量自我？

我们会习惯性地谈世界现代史，但有时候又稀里糊涂地讲成现代世界史，其实这两个概念是完全不同的，要学会区分。

世界现代史是时间划段，比如说14世纪之后，欧洲随着文艺复兴、宗教改革、科学革命等运动的兴起，最后形成对生命、社会、权利的一些新认识，开始了启蒙阶段。

而现代世界史，含义就大不一样了。现代世界是一个有高度发展的现代工业、现代科技、现代生活理念及现代文化的世界。现代与非现代之间有质的差别。很多人活在现代世界，以为自己是个现代人，但实际上他的思想固化得像是一个中世纪的人。

人对自己的认识，不应该只参考时间维度，还应该参考社会的发展阶段、文明阶段，考虑世界如何塑造自我、自我如何形成、如何拥有现代化的思维方式。我们应该从这些方面去认识自己、衡量自己。

当然，年轻人要衡量自我，也有简单性法则。

一个人的思维方式，体现出他精神深处的思想性。中世纪那些为信仰而搏杀的人，对世界的认识就是非黑即白，他们的特点是很单纯，也很血腥。这个世界有一处起源，有天地、昼夜等区分、对比，这些当然是确定的，但很多事物并不是非黑即白的，而是黑白之间的灰色，是过渡、两栖的状态，而这带有很大的不确定性，也带有无限的丰富性。

2500多年前老子就在《道德经》中说过"道生一，一生二,二生三,三生万物"。"三"代表多元，代表对简陋的二元对立逻辑的破除，代表无穷的可能性。人的思维里，一定要重视"三"的重要性，在"我"之外，还有别人，别人之外还有别人。这个世界用多元是难以形容的，它是无限丰富的。

我们看待任何一样事物，都不要轻下判断，要知道它的逻辑，它形成的具体过程。很多人一辈子也没有好好地与别人交流，没有好好地认识这个世界。因为很多人只想表现自己，与人交流时，只是想表达自己的观点，听自己喜欢的话，想被别人认同，却不会享受这个世界的"三"，享受世界本身的多样性。

很多人有一个误区，认为这个世界好像是自己的"伊甸园"一样，自己想拿什么就拿什么。但世界完全不是为个体的存在而设计的，你只是来到这个世界，经过这个世界，你一生的目标是去体会这个世界，探索它的广大与多样。每个人都应该好好地衡量一下自己，是否真的"活在"这个世界上，还是连世界的边儿都还没触及，只是活在人为的虚构中。如果一个人没有好的思维方式，那他就不可能对这个世界有真实的认识。

对自我的衡量还可以通过对世界的感受方式来实现。感受世界时，我们会产生物我之分，很容易把世界物质化、资源化：好像他人的存在、社会的存在、万物的存在，都可以作为自己取舍的对象，世界变成特别功利、僵硬的存在，人也就失去与世界的感情连接。

我们常说"万物有灵"，意思就是万物皆有灵魂或自然精神，有基本的恻隐之心及人文关怀。一个人在郁闷时会觉得自己很苦，但世界上有太多的人比你苦得多。所以归根结底，我们要思索自己投射到这个世界的情感是什么。我的理解是，我们来到这个世界就是来做事的，而这个事一定是自己认定的有价值的。但自我的价值体现在哪里呢？

比如，人精心维护的劳动。劳动就是我们的生命能力，就像农民春种秋收，会有劳动的喜悦，会有挥洒汗水的酣畅体验。而现代社会，很多人只是工作，把工作当作养家糊口的途径，自己并不是发自内心地喜欢。人在离开了土地之后，必须进入交换体系，所以需要找一份工作维持生计。马克思的分析是，工作变成雇佣劳动以后就产生了自我对立，变成了异化的劳动。劳动本身不异化的话，是人们发自内心地去做自己喜欢的事情，是兴趣使然，一旦异化变成不得不做的工作时，劳动和人的关系就会出现对立，也就会出现各种问题。

社会及个人有很多亟待解决的问题。一个人能力有大小，但每个人都可以通过做事来解决问题。这个事情是自己喜欢的，就能成为劳动，而不仅是一份工作。以劳动之心做事，避免生活在"平静的绝望中"，这就是我们面对世界的感情。这份感情不是虚的，而是自己发自内心的热爱，且通过做事能解他人之急、之需，进而产生真情实感。

行为方式也是衡量自我的一个标准。人这一生，不能像貔貅一样，只进不出。如果一个人热爱生活，对社会、对人类有大爱，他会活得很好，可能有时候觉得辛苦一点儿，但内心深处是很温暖的，跋山涉水也觉得是美好的。一个小小的善意，就能发现自己内心深处的光亮。和同伴一起过马路，是不是会自觉地走在他的外侧？在公共场合，是不是会把手机调成振动模式，不大声喧哗？跟朋友相处，是否会保持一种边界感，清楚尊重的距离？一个人的自我会通过这些行为方式外化出来，悦己悦人。当然我们也可以通过外部而内化，"见贤思齐焉，见不贤而内自省也"，不断完善自我建设。

衡量自己，一定要好好梳理自己的价值观。欧洲每年进行社会学的价值观抽样普查，列出16个条目，包含财富、健康、亲情、身份、个性、气质等，请民众对这16个条目按照重要程度进行排序，第一重要的是什么，第二重要的是什么，第三重要的是什么，依此类推。结果是大家普遍把健康、亲情放在第一、第二位，个性、气质会排在第三、第四位。且他们把幽默放在气质一栏，认为幽默是一种非常宝贵的品质。社会上很多硬性冲突，有时幽默一下就可以解决了。

此外，遵循什么游戏规则，也是衡量自我的一个非常重要的标准。人和人之间的交流，如果以功利为目的，追求利益最大化，那相互之间可能会找寻一切规则漏洞来放大自己的利益。而且，在游戏规则里，我们很容易受商业化东西的影响。一个人自我的精神境界在什么位置，人和人的利益关系是什么，人和社会的关系是什么，自我的规则是什么，这些都值得深思。

思维方式、情感方式、行为方式、价值观、游戏规则等，通过这些我们可以对"自我"有基本的衡量。当然，"自我"也不是静止的，有原生的部分，也有在后天培育学习中形成的部分。

如何看待年轻人对大城市的逃离和回归？

十几年前，日本大量的年轻人陆续离开繁华的东京和大阪，选择回到自己的家乡，成为"新乡民"。新乡民不是农民，他们携带着城市经验回归。之所以回乡，是因为他们在城市里深刻地感受到不自由，尤其是时间不自由。如同社会学家和文化学家所批评的"钟表崇拜"，现代生活的每一个环节都被精确的时间刻度所控制。

农业社会的特点在于生产时间和生活时间的相对分离，庄稼日夜在长，而人不用时时关注，所以农业时代的生活有自由感。但农业社会效率低下也是显而易见的：产出投入比低，产出略大于投入，甚至很多时候投入还要大于产出。因为效率问题我们进入工业社会。在工业化生产背景下，"钟表专制"问题就显现了。

时间不自由，经济不景气，收入也不见提高，导致很多年轻人怀念起小城生活并回到自己的家乡。小城生活很恬适，虽然收入不高但工作并不难找，上下班时间也宽松，很多人中午还可以回家睡午觉，晚上8点多人就可以休息了。如果在大城市里，这个时间点恐怕很多人还在办公室里加班。乡村生活虽然有着慢节奏的惬意，但其充满了循环性和单一性，尤其在人情关系上，个人做的任何选择，都处在"熟人网络"之中，这与大城市的陌生人社会是完全不一样的，而且小城镇缺少资源和机会……反观大城市的生活，居民配套设施发达且完善，职场中有冲荡和新潮，弥漫着让人想要拼搏奋斗的气息，它呼吸的是全球化的空气，有创造感，有挑战性，也有无数的机会。我见过不少从大城市离开的年轻人，他们回到小城、回到乡村后，又回到大城市。人是有往复性特征的。从城市人到新乡民，再到新城市人，年轻人就在这种无端的讨喜中变动。

年轻人在大城市卷成了"铁疙瘩"，如何在新型城市化的"下移时代"找到新空间？能在小城、乡村生活下去的关键还是热爱。如果没有热爱，就会让自己陷入一个巨大的危险里，那就是传统社会的攀比心——想挣更多的钱，买更好的车，住更好的房，如此又不知不觉地将自己置于传统金字塔社会。

在流动的全球化里，我们很容易变成异乡人。如果没有内在的真挚的感情，我们的心始终是飘着的：没有故乡，也没有自己的立足之地。我们很多人，从小城到大城，从国内到国外，不过是变成了一个"双向陌生人"——回故乡，也陌生；在这里，也陌生。

2023年夏天，我应宁远之邀，从成都驱车90千米，到蒲江县甘溪镇的明月村，看她创办的乡村文化中心。这个中心起步于2015年初，现在已经是多元的文化空间，集民宿、草木染工房、图书馆、咖啡馆、空中剧场、服饰店、艺术展厅等于一体。员工大部分是明月村的乡民，而从他们质朴的笑容中能真切感受到他们对这片土地的热爱。

中国目前的情况和当初的日本是不太一样的。我们赶上了新经济、互联网和智能化的浪潮，这里有前所未有的挑战和机遇。所以我提倡年轻人在大学毕业后尽可能地去一线城市闯一闯，感受世界的多样性、多元性，感受现代工商业的种种活力。哪怕自己的目标不在大城市，也可以先通过培养自己的现代化眼光，积累一些现代化经验，再去尝试"新乡民"或其他的身份。

从乡村到城市再到乡村，这也许是人类漫长的洄游，当我们再次回归自然时，不是简单地复归，而是回到"人化的自然"，带着温暖的科学技术和人本的观念重新与自然融合，获得充满生机的新世界。

年轻人是按部就班还是做一点儿新的事?

皖南是徽州文化的核心地带,在黟县这个人口不足8万的小盆地,出现了体量庞大的新兴产业,这里有近千家民宿,中国顶级的民宿也在这里落建。传统民居与现代商业结合,也赋予了乡村不一样的精神面貌。黟县的民宿70%以上的经营者都是年轻人,他们立足于本土优越的生态和文化资源禀赋,集中在文化旅游产业方面寻找新的可能。比如,石亭村的拾庭画驿民宿,依托于明清徽派宅院,展现了浓厚的"徽文化",虽然一晚的住宿费达两三千元甚至更高,但它在旅游旺季依然供不应求。

我认为中国青年现在特别需要做点儿"新事儿"的理念,因为这个时代特别需要新事物。广袤的中国大地，有多少有形或无形的资源！全球化的时代，有多少触手可及的机会！

年轻人要在倦怠之余思考生活，要有知识，有意志，有做新事儿的主动性和价值观；要把很多东西综合起来分析、筛选，最后得到有用的信息。这样就会产生一种新风貌，我们讲所谓的"万众创新"，也就是这样一步一步地做出来的。

余姚有一对农民夫妻来到上海打工，一开始他们开杂货店，后来又去工地做工，最后干脆在路边开了一个小酒铺。他们的店铺很小，里面一排一排码满了酒。因为店铺就在路边，店里也没有任何的座位，大家只能拿瓶酒站在外面喝，或者坐在马路牙子上喝，来喝酒的人逐渐生出"在路上"的感觉，由此吸引了更多的年轻人跑来买瓶啤酒坐在路边开喝。久而久之，这个地方渐渐变成了一群青年亚文化交流聚集地，这家店也因此变成了一家网红店。大家很喜欢这种氛围，感觉快乐得不得了。从开杂货店、在工地做工的农民，到网红酒馆店主，这个身份转变是很大的，这对夫妻不仅赚到了钱，还给那么多人带来了快乐,这不就是做"新事儿"的魅力吗?

我鼓励所有的年轻人,一定要试着做点儿"新事儿",哪怕充满挑战,也要相信自己能干一点儿超出自己经验和预期的事情。如果连尝试都没有,人生怎会有结果,生命怎能有惊喜?

电影里有个概念叫"转场",就是从这个场景转到另外一个场景,完成一部电影的转变。文化也有转场,人生也有转场,中国青年也需要转场,在当下的社会转型期,这意味着要适应变化,要更了解自己、了解社会,并且找出自己在这个时代的生长点,完成自我价值的建设。

如果在农业社会,有人去"转场",离经叛道,活得跟别人不一样的话,结果很可能是头破血流。在古代社会,只有流放惩罚,才会把人放置到另一个空间。但今天的社会充满了各种不确定性,赋予个人的发展空间是很大的,机会也很多,每一个空白点都蕴藏着无限生机。失败的概率和成功的概率基本是对半的,这是前所未有的历史阶段。对年轻人来说,最大的财富就是试错后的经验积累，所以我们要有勇气去转场。转场的成本与人生既得往往是成正比的，工作越好，收入越高，生活越稳定，转场成本也就越大。这一代的年轻人是转场成本最大的一代人，大多数人都是独生子女，父母甚至祖辈已经给他们打造了一种相对安稳且安逸的生活，如果要离开这种安稳去面对转场的风险，就会陷入难以抉择的境地。

做一点儿"新事儿"，去转场，并不是要求你完全走出舒适圈——如果自己已经感觉到人生圆满，为什么要走出来呢？无论你处在什么样的生活状态中，只要你还拥有想再试一试、闯一闯、拼一拼的愿望，我的建议也许会对你奏效。

回看过去，无论是历史、文学艺术，还是其他方面，都证明了：伟大的创造、幸福的价值，都是探索性的人开辟出来的。如果年轻人只会在"996"里拼命，只会在一元空间里内卷，那才是最坏的事情。如果一个人能够不断地打开自己的生命，能够横向对比，由此了解人和人的差异是生命的起点，自然就会生出一股自由探索的勇气。

我们需要什么样的文化圈层建设？

文化圈层建设实际上就是我们社会的多元化发展。既然是多元化，也就是说存在文化差异；而差异的存在，则说明文化与社会生活有真实的连接。如果说只是创造出一种意识形态，那么它必然是抽象的，就有一种虚拟的完整和宏大。人在这种虚拟里就会有某种脱节，他在成长过程中与社会生活之间就会缺乏一种细节性的、有机化的连接，所以我们的社会在发展中确实需要一种文化圈层建设。

文化圈层建设不是抽象的，不是光靠阅读等简单方式可以完成的，它是个系统工程，需要方方面面的努力。

以书店为例。书店本身就是一个孕育、培养文化圈层的地方，里面的各类书籍对应的是不同的文化需求、知识需求、生活需求。有着不同背景或经历的人来到书店，他们自身积累的那些内在差异，就会有比较明显的体现。比如，他是一个对人文旅行内容感兴趣的人，他自身可能就携带了一些对地理学的兴趣或者旅行经验，这个时候他就会比较期待与他有这方面的碰撞的书。如果他去过吴哥窟，那么他在书店看到有关吴哥窟的书时，就会产生一种亲切感。当然，基于他自己的实际经验，他会发现这本书可能某些部分写得不好，这个时候他可能就会出现一种创造性的、生产性的冲动。这样的读者其实很多。

那么书本身承载的价值是什么呢？书不仅仅是一本书，它是作者知识的呈现，加上编辑的努力，而后通过书这种载体呈现。书来到读者面前，基于读者自身的经历和认知，他们之间就形成了一个互动性的关系，读者会发现书里的精彩，也能看到书的内容的不足，如此也就形成一种交互的语言。

一般来说，我们拿到书后多半只是默默地阅读，即使心里有很多想法，通常也只是默默地自我消化。基于这样的现状，书店也确实要转换功能，要给喜欢同一类书的人创造相应的小空间，创造某种交流的条件。比如说喜欢同一个作者、去过同一个地方的人，他们会有很多共同的、彼此能感同身受的见闻和体会，他们实实在在地在生命的某一个时段"遇见"过，那么这些人之间就会产生一种亲切感，而这种聚合就形成了一个小型的、系统的文化圈层。

互联网时代最大的特点就是聚合和互动。因此在书店里，作者、编辑、读者，形成一种新的共同性，这个地方就可能变成一个人文聚集地。拥有某一方面相同经验的不同的人来到这里会有一种很亲切的交互，然后衍生出新的不同的内容，这就是圈层。这些人在这里聚集久了，就会形成一个群体，当书店空间因为小而不足以承载某个体量时，这个群体就会移动出去向外扩散，可能外面的某个咖啡馆就会变成某个主题咖啡馆，这群人有了空间的位移，他们建立起来的社会感情、文化心情，就在新的空间里获得了延伸，也就提升了我们整个社会文化空间、公共空间的质量。区别于之前散客式的流动，大家短暂地萍聚，互相也不认识。我们可以把书店当作一个孵化器，不断地衍生出新东西，这对整个社会来说，是一个丰富其内容的现代化过程。

我的体悟是，社会中的每一种东西、每一个空间其实都有可交流性，想要激活社会，就要对这些地方进行非常好的设计和营造。这就是我们今天要建设的文化圈层，它不是一个浮面的表象。比如单纯地说自己是i人或e人，这只是人处于初级的阶段性判断，是在文化还没被打通的时候的表达方式，这也是我认为我们今天的文化圈层建设还停留在初级阶段，还有很多要激活的内容的原因。

现在流行City walk，就是"城市漫步"，也就是认识城市。以城市建筑为例，哪些建筑是巴洛克式的，哪些是哥特式的？它们分别属于什么风格，各有什么功能？如果我们不清楚，走在城市里，就会觉得很枯燥、很单一。任何事物都是有生命力的，有生命力就有人的可交流性。这也就是为什么新都市主义特别强调建筑的第一层，也就是隶属于每一条街道的底层建设。你看很多大城市的底层建筑有多枯燥！新都市主义特别强调，一个交通中心半径500米的范围，就是最佳步行距离。一个人要能不紧不慢地步行，才会有心情关注到形形色色的人和事，才会在城市的街道上有诸多体验。所以，真正的底层建设应该包含鲜花店、书店、咖啡店、音像店等。喜欢什么就会走进什么样的店，在这样一种情况下，同类人就能互相看见。人的分群，就是圈层。单是通过步行我们无法看出他人的喜好，如果都宅在家里那就更不可能知晓。所以，今天我们的社会特别需要这种非常好的文化圈层建设，从空间的到机制的，各自独立而又相互连接。

加拿大籍美裔女城市学家简·雅各布斯出版了一本《美国大城市的死与生》，提到波士顿北区的改造。那片地区本来要被城市规划者们大规模推倒，最后当地居民集体讨论，拒绝推倒，大家集资参与这个城区的建设。于是，居民考虑如何改造这些空间，怎么让生活在城区、街区的人互相之间有一种像在乡村一样的熟稔，人与人之间如何构造暖性的连接，等等。雅各布斯坚称，互动交往才是城市生活的特征。

现在我们城市的"死空间"特别多，很多空间营造得又大又好，甚至美轮美奂、贵气逼人，但是它们缺乏交流功能，非常沉寂。这就是没有把空间的利用和人的需求有机地连接起来。其实并非人没有需求，只是没有被激活，这也是我讲文化圈层建设这个问题的原因。

快乐有没有高低之分？

在当前城市化进程快速发展的阶段，人的压力很大，人很疲惫，失去了向上看的愿望和能力。

从读书、看电影的角度来说，在过去那个只要踏实肯干就能有所获得的时代，人们能从经典电影或名著中的人物（如《钢铁是怎样炼成的》主人公保尔·柯察金）身上感受到一种庄严的奋斗感，以此激励自己做出努力的行动。但现在我们疲惫不堪，缺乏奋斗的精力、余力，内心深处有太多焦虑和各种各样的伤痛、迷茫。在这种情况下，鼓励人们去阅读或观看那些宣扬奋斗、奉献的书籍或电影，反而让人感到沉重。

现代社会，人们更倾向于释放，寻求简单的快乐。

但是在逃避压力、寻找快乐的过程中，人们往往找不到正确的途径。由此我们看到，"审丑"文化，或者荒诞可笑的内容就变得很有市场。在看到这些内容时，人们会觉得有一种倾倒感，能疏解苦闷，但这无形中也产生了问题，就是下滑的快乐。下滑的快乐是短期需求，类似马斯洛需求层次理论提及的人最底层的生理需求。短期需求满足得快，消失得也快，是即时性的，很难持久。它要求人们不断地寻找新的刺激来维持这种快乐，但人自身深层的焦虑，如身份焦虑、价值焦虑以及对人生目标和生活意义的探索，它永远也解决不了。

像坐滑梯一样，人在下滑中是很快乐的，如果只想把自己释放出去，便失去了向上攀爬的动力。人生本身起起伏伏，但在这种释放的情绪里只有伏没有起，起要攀登、要求知、要思考，这些在下滑的快乐中很难施展，所以更会产生一种生存本身的精神疲惫。

为什么大家对娱乐又爱又恨？我们追求欢乐，追求苦闷的疏解，还有物质条件的提升，其实这都是表面的需求。当我们往深处挖掘的时候,会发现大家心里都有焦虑——生活真正的价值到底在哪里。许多人在短暂的娱乐后,常常会感到目标丧失,有一种虚空感,不知道自己的下一步是什么。

从宏观角度来看,我们今天特别需要真诚的沉淀,同时也需要面对人生深层问题的勇气和庄重的态度。但是现在,这些需求与发展面临着里里外外、方方面面的障碍。这种快速发展带来的匆忙感,让人们无法从容地思考和调整自己。

我们今天就生活在一个类似于兔子和乌龟赛跑的时代,每个人都像小乌龟一样拼命追赶。但我们很少去思考,如果角色互换,我们能否比比谁慢,学习乌龟的慢节奏。这是一个特别需要快慢结合的时代,既要快也要慢,要张弛有度。这样的平衡能力在今天已经变得稀缺,这也是我们面临的一个重要问题。

当前,拥有下滑性快乐能力的人不少,但拥有幸福能力的人却不多。要解决这个问题,就需要一种寻找幸福的能力,而不只是得到即时快乐的能力。

我们的幸福在哪里？

在讨论这个问题之前，我们先来谈一谈钱。

西方国家的制度是信用消费，生活方式也是如此。在西方，一个年轻人即使刚刚大学毕业，收入为零，他的生活状态也可以与中产阶层持平，因为他是以预期标准来生活的。如果他预期自己的年收入是10万美元，按照经济理论来说，他从大学毕业那一天起就要过5万美元标准的生活，而不是几百美元标准的生活，挣不到5万美元时他可以信用消费，达到平衡点后，甚至超过5万了，就开始还钱。当把前面的空缺填掉之后，他开始为未来的养老、医疗积蓄资本。

我们可以看到，信用生活最大的好处就是，一个人整体的生活品质会很不错，不会因为刚毕业而困窘不堪。作为一个年轻人，在人生最黄金的年龄段，他能维持不错的生活水准，能实现阅读、旅行和各种各样的社会交往。我一直认为，人如果在年轻的时候没有实现这些，将来的生活幸福程度可能就比较低，品位、格局就不会被完全打开。当然，信用消费也会带来另一个坏的结果，当一个人没有还款能力时，超前消费会造成严重的负债，在往后的生命阶段，他的生活会变得特别窘迫，生命的质量会特别低，生命持续被打开的程度也很低。

美国人认为拥有50万美元的资产就算中产阶层了。按照这个标准的话，我们国家的中产阶层现在大概有2亿人，宽泛一些算可以达到3亿到4亿人。如果一个人在北上广深的中心地带拥有一套房子，就已经超过标准了，但这个标准不能健全你的生活，因为你所拥有的一切重心都压在了房子上。

为什么我们会说今天的社会是个短缺型社会？因为每个人内心所渴望的跟所能实现的相差甚远，所以每个人内心深处都有一种强烈的"要获得感",也总有一种缺失感。

法国社会学家皮埃尔·布尔迪厄（Pierre Bourdieu）曾指出,人在现代社会里,最重要的就是生活的品格和品位,人通过人际交流、文化交换、文化吸收,才能收获好的生命成长感。我们目前面临的生命的艰难之处就在于,社会机制和制度尚未达到中产化的稳定性,导致年轻人不得不靠自己去打拼,去争取生活资源,如租房、买房等,这使得我们的年轻人在出生时就站在了与发达国家同龄人不同的起点上,好似我们为之奋斗的东西是他们一出生就拥有的。虽然父母或祖辈已经在尽可能地把这一代年轻人的生活铺就得好一点儿,但他们最多能为年轻人减轻一些生存负担,最直观的就是金钱上的帮助,很难为年轻人提供一个真正的幸福生活的解决方案,真正的幸福是个人化的,要自己去寻找。

以钱来计算幸福程度,那是很简单、简陋且非常狭隘的衡量方式,关键是个人的生活结构、生活方式、生活内容怎样体现与完成，这才是最紧要的。对于幸福本身，我们一定要有自己的理解，当下的发展阶段，我们完全没有消费主义市场的基础，但是人们在进入社会时就可能已经拥抱消费主义，并对其有不切实际的预设。在全球化条件下，很多人看到别人的生活那么享受，也认为生活应该是满足和顺应自己的，如果你也有这种期待，那就要警惕了，因为你会觉得生活处处不如意，会对自己和身边的世界感到失望。

要感受到生活的真实归属感，回归内心的清澈，并非易事。因为幸福生活不是空中楼阁，不是空想主义，而是生命通过各种经验、经历，克服各种各样的难题，并解决一个又一个困境获得的。到那时生命豁然开朗，你才一下子明白人生所求无多，这种寻找其实是每一代人的命运与课题。除非运气好的人，一般来说，起码要到不惑之年后，大部分人才能明白其中的道理。

人最怕的是过一种世俗意义上很幸福，但内心很空洞无着的生活。在现有的社会环境与物质条件下，我们生命价值的落点、幸福感的落点，恐怕还是体现在探索性上。对我们中国青年来说,最重要的,是走过不同的生命过程,创造了某种新事物,如此,你所经历的一切才是有价值的,才符合社会发展和历史发展的进程。我们目前对幸福的理解逻辑,应该落在这一点上。

我们还要在探索性阶段的生活里,活出自己的唯一性。今天中国青年的幸福点在于寻找差异,寻找跟别人的不同,创造性恰好是我们幸福的基本条件,没有差异和创造性,个人在10年后可能会变得毫无价值,因为你的语言、认知、体会都是跟别人相同的,你没有自己的故事,没有自己的话语权和价值输出,也不会拥有自己的独特生命体验,别人自然也不会需要你。

各种各样的文化生产和认知输出,都需要个体生命拥有一种独有的发现、体会,并产生一种互相推动的能量。在尚未进入中产化社会的中国,在我们的社会机制和制度无法提供发达国家那样的支持时,我们每个人的幸福点以及可以依托的生命支点,体现在一个人对生命过程的探索性与创造性上。

幸福是以苦难为底色的吗？

我曾经在贵州晴隆走过"24道拐"，这是我们国家抗战时的生命线。静心体会那一个个盘旋，遥想当年抗战之艰，我除了感怀国家的坚韧，也深深体会到人生的不易。人人都有自己的"24道拐"，翻过去是一片天，翻不过去永远望山兴叹。

为什么今天很多年轻人长到了二三十岁好像还是一副懵懵懂懂的样子？主要是苦难的底色没有了。

狄更斯小时候生活在伦敦东区，那里是贫民区，很多人做着皮革生意。洗刷皮革的味道很呛鼻，一般人闻了都会作呕。后来狄更斯成为大作家，每当他写不出东西时，就跑回他小时候生活的地方，闻闻这个味道，心里的很多情感就复苏了。他的小说描写了底层社会各种各样苦难的生活，当然苦难中也充盈着美好。

我非常喜欢宫本辉的《泥河》。它揭示了一个人的成长必须以苦难为底色，否则就很单一。

对于年轻人，我一直提倡要有一种能接受苦难，忍耐"疼"的精神。年轻时遭遇"疼"能有效地把自我内在的潜力激发出来，但这个过程可能会十分漫长和艰难。我在云南劳动时，在怒江峡谷的山坡上种南瓜，南瓜种子顶破土壤，先是出来一点点小芽，后来爬出很长的藤，这个生长阶段就是"疼"的过程。

奋斗就是既不开花也不结果的疼痛过程，而我们的青年时期就是一个"疼"的阶段，不断攀爬，接收阳光雨露，熬过一定的"疼"，长到一定阶段，终于长出叶子，开出花朵，结出果实，那个属于自己的"小南瓜"越长越大，最终长成一个"大南瓜"。"疼"的阶段最难熬，不知道自己是什么，不知道自己能否结出果实，但之所以有"疼"的感觉，是因为自己在马不停蹄地成长，与原有的自我以及世界的限制产生了冲撞，这种疼痛是建设性的，这比那种习惯于依靠别人的劳动，以"消费主义"来建构自己快乐的人，要好太多。然而很多人过分地追求上流化，追求精致化，追求舒适区，斩断了成长中这样一种面对苦难的最基本的感通力。

生命的最内核是一股顶破束缚的精神生长力，如地核深处的炽热，推动着大地的更生。

人工智能会替代人吗？

人工智能机器通过其内部的智能化和建模，能够解决许多有规律的问题。阿尔法狗（AlphaGo）的出现使得世界顶级围棋手都变成了二流、三流的选手。当初不服气的一流棋手跟阿尔法狗对战后，"哭"着败下阵来。阿尔法狗能在大量建模中找到最平衡的走法，避免犯错，而人在对战过程中避免不了因疲劳而出现的小疏忽。只要阿尔法狗内部程序不出问题，再顶级的棋手和永不知疲倦的机器人对弈，恐怕也无计可施。

为什么中国的汽车工业能年产3000多万辆？这也得益于机器人在焊接等环节的精确操作，而这以前都是由工人手动电焊操作的。所以人工智能的发展也让我们看到，过去人类的很多技能和努力都被局限在物理物质的技术流程中，人的特性和创造性被困在重复性劳动中，没有得到充分的释放。

饭店、酒店、KTV等服务性场所，机器人服务员已经屡见不鲜。它们能根据人的操作和指令，准确流畅地完成整套服务流程。

科技的发展在给人类带来便利的同时，也令人类开始恐慌。人们开始思考：人工智能会替代人吗？如果能替代，那人类的未来该何去何从？

人工智能很好，但千万不要以为它能替代人。人类发展的理想状态，是物质做物质的事情，人做人的事情。人工智能就是物质做物质的事情。而人的事情，还是应该由人来做。

我们回溯一下人的双手在人类文明发展中的作用。为什么人的脑容量大小从200多万年前南方古猿的500毫升左右，发展到今天现代人的1500毫升左右？在这一发展中双手的作用功不可没。动物的爪子变成手以后，一下子增强了它对于灵巧性工具的掌握能力。

手的功能越来越多,对各种工具的探索使用,又促进了脑整体的发育。所以人自身的探索性,不断地尝试新的未知事物的能力,是目前人工智能无法模仿的。例如,让ChatGPT去写一部《战争与和平》这样的巨著是不可能的。人类最宝贵的部分,就是原创的能力,它源于人的思想深度、无限可能性和生命感。

在今天这个工具化的时代,科层制成为主导。在科层制的框架内,个人不问价值、不问对错,而是将上级的指令视为绝对真理,人变成简单的执行者,个人的独创性和想象力变得不再重要。德国作家本雅明有一本著作《机械复制时代的艺术作品》,说在机械复制时代,很多事情是机器可以干的。这也反射出在大量的工作流程中,人类自身仍处于一种被物质化的状态,尚未达到真正的人的状态。哲学上,我们被认为仍处于一个"非人的时代",还没有进入真正的"人的时代",很多生活方式还是可以被物质替代的。而人类也意识到了这一点,人工智能的发明可以看作是人类为了证明自己并非同机械一样只是执行者而进行的一种对抗。

面对人工智能，我们需要做的是加法和减法的结合。一方面要扩大AI在简单的机械性工作领域的使用，例如在送餐、送快递、流水化作业等任务中，机器人的精确度和效率远远超过人类；另一方面要做减法，不能让技术渗透到那些需要人类思考和创造的领域，如写作、艺术创作等，这些创意工作应该由人类亲自去探索，最大化激发人的潜能。

据我所知，有些大学生会利用人工智能来完成作业。这在短期内看似方便，但长此以往人就退化了，人的弱点也会被放大，变得避难、畏难，去难就易的习惯就会形成，这对青年的破坏性非常大。青年阶段正是不断地去培养自己的意志力、思考力的时候，习惯依赖技术，生命本身就失去了最宝贵的成长机会。要知道，弱者之所以弱，其实在于精神的贫困。

当然我们也不能忽视机器的奇幻之处。在围棋中，有些棋局在人类看来就是死局，但阿尔法狗能够走出人类从未想过的活路，这表明人脑还是存在局限性。

那么机器本身在大量的建模里是不是有种学习功能，也培养了某种判断思考能力？这个问题虽然带有科幻色彩，但实际上很多未来学家早就已经开始探讨人类未来的可能性。

越是人工智能发展迅速的时代，对人的要求也就越高，尤其是人对世界的认知。今天我们这一代人，要完成的是精神、文化和文明的转型与再造。而AI时代，需要不一样的人。试想一下，未来我们生活中的衣食住行很多都是智能化的，甚至脑子里植入一片智能芯片，就能听懂全球任何语言。等人工智能发展到这个程度，什么才是人的安身立命之本？只有差异性、精神性内容才是自我的独特性，只有独特性的人在这个世界上才有交换价值。

如何理解人工智能时代的人文问题？

人工智能与人文主义的尺度

不管人工智能如何发展，我们都要掌握一个尺度，那就是能够让人类舒适、幸福地生活，关注人本身的诉求。人文主义（humanism）的主张就是保持人现有的形态，然后适当地进化，保持当下的适用性。为了维护这个肉体，我们仅在吃这一方面就投入了太多的资源，其实科学的发展已经能够通过一管牙膏的体量来满足人一天的营养和热量需求。但人们仍然要享用美食，因为食物承载着社会关系和文化的多样性。

有所为有所不为。我们当下的挑战是如何从相对论的角度看科技发展。我们不能一味地追求科学主义的发展逻辑，为了效率无限扩展。如果这样的话，很多事情可能会走向极端，比如基因编辑，把黄牛的耐力基因移植到跑马拉松的人身上。我们不会这么做，因为这违背人文主义原则。

人文主义始终关注人的自然性、具体性、社会性和精神性，这是我们文明的基本边界，我们不能让科技的热情摧毁人类多年积累的文化生存方式。

我们现在迫切需要进行最基本的人文建设。如果跳过这一环，完全依赖人工智能手段，我们可能就失去了时代发展过程中必需的人文精神。

人工智能时代下的生命观和世界观

理解时代差异对于我们的发展至关重要。回顾西方的发展历程，从文艺复兴至今已近600年，人的精神、文化有了诸多变化。早期，人的欲望直观且强烈，没有很丰富的价值宽度。欲望的释放当然很快乐，但随之也暴露了人性的残酷。社会不能在这个基础上运行，于是出现宗教改革，强调信仰和坚守，把信仰扩散至每个人。启蒙运动进一步深化了对人的公民性，对生命本身的基本价值、基本权利的思辨。法国大革命则强调了自由、平等、博爱等价值。这些历史事件对西方社会的发展都很重要。

中国社会在很大程度上还处于"前现代"。对于中国人来说，形成和培育一种基本的现代生命观和世界观至关重要。随着人工智能的到来，人类进入新的启蒙阶段，我们应该通过各种各样的精神文化建设、社会文化建设（特别是公共文化空间的建设），来加强人和人之间最直接的联系。如果我们过度依赖数字化产品和虚拟世界，本就空白的这一历史阶段将永远无法填补，这会导致我们活得很表面。

西方发达国家的人工智能发展本身是有深厚积累的。以美国为例，无论是在经济方面还是文化方面，人工智能都有较为坚实的基础。

当初已获得财富、地位的欧洲贵族不愿漂洋过海，贫穷的人又买不起船票，所以那些不甘心在中层社会中挣扎的人带着一定的资本移民到了美国。美国政府在西进运动中通过土地政策降低了发展成本，虽然政府要求购买者以"份"的形式购买土地，一份有上百英亩，但一英亩地才卖几美元，后来政府又不断降低亩价，最后甚至免费。美国政府通过这些政策聚集了一些小中产甚至大中产阶层。

从文化方面来看，美国有哈佛大学等诸多现代大学。哈佛大学的历史可以追溯到17世纪30年代。当时，许多前往马萨诸塞州的人毕业于剑桥大学，他们在那里建立了剑桥学院。建校之初的这批人拥有扎实的文化素养，这是建立优秀学府的基础。1638年，约翰·哈佛牧师临终前向学院捐赠了大约780英镑的财产和一批书，虽然数量不多，但在当时已是相当可观的一笔捐赠，为了感谢他，学院更名为哈佛学院，后升格为哈佛大学。美国的历史虽然不长，但其文化基础相当坚实。无论是德裔、英裔还是法裔移民，他们都带着自己原有的文化传统来到新大陆。经过南北战争以及西进运动，美国社会达成了广泛的公民共识。

中国在旧社会时期的教育资源极度匮乏，1949年全国只有60多万小学毕业生。人们更多的是通过民间故事和传说来了解历史，如戏说乾隆、康熙之类，因而缺乏系统的历史教育，这就导致了真实历史与娱乐的混淆。在大众层面上，史学传统被娱乐性取代，庄重与娱乐之间的界限变得模糊。

接下来，我们的社会发展会走向城市化、中产化，整个社会制度、体系会围绕这两点进行，这是一个中间大两头小的扁平社会。在这个过程中，我们迫切需要进行最基本的人文建设，建设每个人的新的生活方式，将人的需求、人的满足感，逐渐从房子、车子这些物质的需求中抽离出来，而走向艺术的、精神的、自由的需求。我们应该让技术控制在机械复制时代的范围内，让机器完成那些它能够完成的任务，而人应保持主体地位。如果跳过这一环，完全依赖人工智能手段，那就本末倒置了，我们可能就失去了发展过程中必需的人文精神。

如何理解安全感？

在不同的社会阶段，我们对安全感的理解不一样。

农业社会，人们通常生活在一个祖孙三代或四世同堂的大家族里，而非如今由夫妻与孩子组成的核心家庭结构中。因而在以前，人们受到的外部规矩约束会更多，比如，仁义道德的传统观念和封建社会针对男女不同的行为准则。而在这些规范所构成的庞大的传统体系下，人们通过遵循其标准来获得保护和安全感。所以在这样的传统社会中，就形成了一种特定的思想观念，即"传统的惯性生活方式"，也是人的生活方式中最为安全的一种。越是遵循传统的标准，人越感觉到安全。在这种生活方式下的大多数人，很难遭遇什么大的社会风险，因为个人行为若与大众迥异，那便等于在否定大众的生活方式，就必然会受到来自周围环境的压力，以促使其回归正轨。

举例来说，在某些国家，若有女性出现不忠行为，便会遭到家族严惩，施以石刑，即将人的胸部及以下的身体埋入土中，号召众人以石击之直至死亡。而此种酷刑实则根植于人们对传统社会规范的恐惧，它是维护行为准则的基石。如同福柯在《疯癫与文明》中对疯癫、精神病等的分析，通过规训或流放"愚人船"等手段将患病之人置于漂泊无依之地，致使其泯灭自身而去选择服从整体。所以这种在传统社会生活方式下形成的安全感从表面上看是最为稳妥的，它通过建立对群体规范的依赖，使个体只需循规蹈矩，顺应潮流，便可感受到一种可预期且安全稳定的生活方式。

然而，现代社会在诸多因素的共同作用下，已经发生了很大的变化。传统社会中的大家族解体，家庭形态逐渐转变为以夫妻二人为主的核心家庭结构。在过去，家族是与外部世界相互贯通的，人们都遵循着既定的常规，所以行为举止的变化在大体上是可预见、可判断的，很少有突变情况发生。但在工商业发达、城市化进程加速的现代社会，无物常驻，一切皆流，人们不可避免地经历着各种变化，也不再将某一关系或途径视作唯一的生活基础。例如，传统社会的女性通常会选择用婚姻的方式来获得经济上的保障和生活上的稳定，但这样的情况如今已发生改变；并且，流动变化下的现代社会，男性对女性也同样抱有不安全感。

在市场经济的背景下，人们会对婚姻产生一种性价比的考量，可能会因对方长期成就平平而感到失望，甚至有"我亏了"的想法。这与传统社会中以仁义道德为核心观念来建立的长久人际关系和承担的相应责任是不同的。这也是现代人中我认为最不安全的一点，即内外的不一致性，纵使存有万般想法也不一定表达出来。因此，生活似乎就建立在一个不稳定的表面上。尽管内在世界经历着各种裂变，但表面上依然维持着一种平衡，这种内在的分裂与外在的平衡，就使得社会结构的内部充斥着强烈的不安全感。

当个人面临的外部世界为农业社会时，人们的认识和判断逻辑基本上是稳定的。比如在没有遭遇严重自然灾害的情况下，人们就可根据"一分耕耘，一分收获"的劳作状况预测结果。但当个体置身于现代社会时，情况就不可同日而语了。尤其对于那些认知层面很高、能力很强的人而言，他们的不安全感会更甚，因为他们所认定、秉持的某种原则或价值观无法与日新月异的社会本身相契合。比如我们在网络上会看到有人分享系统的知识，然而真正愿意去倾听和学习的人却寥寥无几，人们可能更倾向于去追求快餐式的文化消费。《庄子》中有一个"屠龙之技"的故事：有人学了一身杀龙绝技，但现实中并无龙可杀，空有本领却无处施展。

人们在选择职业和专业的时候也会面临类似的困境。比如大学中的英语专业，当初备受追捧，但后来随着开设该专业的学校增多，其优势就减弱了，反而是一些小语种开始受到青睐。再比如有段时间计算机专业很热，但在饱和后也导致其含金量的下降。在面对这种市场的选择时，人常常感到漂泊无依又无所适从。

我上大学时有位老师是教授欧洲文学的，在很多教学方面都会涉及英语的使用。但实际上，他最开始学习的是俄语，而且掌握得相当出色。因为在20世纪50年代，中国和苏联的友好关系决定着国家需要这方面的人才。然而，随着时代的变迁，情况发生了转变，他不得不重拾自己原来的第二外语——英语，并将其作为自己的主要教学语言。所以从宏观角度来看，由于外部世界的需求和价值评定的不断变换，人在社会生活中常常被环境所驱使，人很难坚持自己的主体性和主导地位。人们普遍缺乏自信，难以长期坚持自己的信念和追求。

如今我们生活在一个全球化快速发展的时代，不可避免地会受到来自观念、精神等方面的冲击。比如在青年文化中存有的大量异质性、差异性元素，这是我们在短时间内难以去消化和理解的。进一步而言，现今能真正将所接触到的各种观念、思想整合起来，形成具有自己的逻辑性和连贯性生活观念的人又能有多少？人们往往会陷入一种迷茫状态，似乎无论怎样都是可以的，又好像怎样都不行。整个世界的流行文化在某种程度上仿佛回到了原始时代，遵循着胜者为王、弱肉强食的丛林法则，看谁的声音大，谁的支持者多，谁就是正确的，谁就占据主导地位。网络流量就是一个典型，一旦某个话题拥有了巨大流量，它就能迅速上升成为社会热点，引发大众广泛的关注与讨论。许多媒体也深谙此道。然而，社会文化的发展和个人的精神建设需要动，也需要静，需要快速奔跑，也需要放慢下来沉淀。但今天我们的社会恰恰缺乏这样的定力和从容，缺乏这样的空间，人们步履不停，活得匆忙，这是我们在文化精神领域有不安全感的表现。

还有一个不安全感来自我们当前的生存状态。回顾历史，1978年我国的城镇人口占比是17.92%，而到2023年，这一比例就跃升至66.16%。这一变化意味着什么呢？它意味着当今年轻人正经历着大规模的"背井离乡"。但这种"背井离乡"不再指人们以前被迫离开家乡的选择,而是指年轻人主动寻求发展、求学、就业的积极尝试。他们穿梭于城市之间,从南到北,从西到东,这个过程不停地陌生化,经历所谓的"人往高处走"。

这种流动性其实在近代文学和现代文学中有过广泛且深刻的描绘,比如杰克·伦敦的《马丁·伊登》中主人公从水手到文坛巨匠的历程,司汤达的《红与黑》中外省青年于连进入巴黎后的奋斗与挣扎,巴尔扎克的《幻灭》中两位进入巴黎的年轻人追梦又破灭的故事,以及托宾在《布鲁克林》中讲述的女主人公远赴他乡、寻找自我的过程,等等。

在迁徙和流动方面,中国社会是后发的,且后发的速度是非常迅猛的。在我们自己的生活结构里,因为我们是后来者、追赶者,面对这样的不确定性时,也会有更大的不安定感和不安全感。

目前,中国已崛起成为世界工业大国,无论是钢铁还是水泥的产量都已远超其他国家。宏观上,我们已经实现了大的跨越。但缩小到微观上，具体到个体的时候，我们会发现每个人为了使自己的生活能够同步于社会提高的生产力而过得非常吃力。我观察到，对于大城市来说，城市最外圈，往往为通勤圈，这里的租住居民大多为迁徙而来的年轻人，他们每天都需要长时间奔波在长距离的通勤路上。比如住在上海嘉定的人，如果在市中心工作，每天上下班在路上的时间就得花费三四个小时，其辛苦可想而知。在这样的生存压力下，人们也很难有足够的时间和精力自主地从精神层面来梳理生活，以做出清晰判断。

人首先应当具备一颗从容、镇定且清澈的心，才能拥有一种有定力的生活。但事实上，现在的年轻人很难做到这一点，他们基本没有自己的栖身之所，这种"无根"的状态，使他们产生了一种悬浮感。他们如同一叶浮草、一朵落花，不知道生活的流水会将自己带到哪儿，内心深处缺乏安全感。而从根本上说，我们今天的年轻一代是不安定的一代，也是由大时代所决定的。

如何理解原生家庭与安全感？

在云南昆明的西北部有个小水井村，我观察到那里的年轻人很有安全感。村里的年轻人基本没有出去打工，因为他们有自己的精神落点。百年前曾有法国传教士来到这个村落并在此建造了一个教堂，当时的村民会聚集在教堂吟唱赞美诗。时代变迁，现在他们用清唱取代赞美诗。村民们一周会有三到四次在教堂聚会，年长的人会帮带年轻人，大家一起歌唱，他们乐于享受这种有核心的生活和精神上的愉悦。当我问村里的年轻人为什么不选择外出打工赚取更多收入时，他们给出了两点理由：其一，尽管在村里的收入没有外出打工挣得多，但他们能和亲人相守，享受亲情的温暖，出门在外的人看似得到了很多，却也失去了最为宝贵的家庭温暖；其二，如果外出打工，就意味着失去了和同伴们一起歌唱的喜悦。后来小水井村合唱团因歌唱而声名远扬，甚至有机会到美国、欧洲各国去表演。

我在很多民族中看到了家族之间的紧密联结。云南怒江高黎贡山下的德昂族，也有类似的歌唱传统。当有人生病需要送往县城治疗救助时，他们就会通过歌唱活动为其募捐。这实质上已经超越了纯粹的金钱关系，而上升到了人与人之间的情感关照，是有温度在的，这恰恰就是人的安全感的来源。

另外，家庭里的代际关系，正好处在文明换代的节点上。我们的祖辈所处的农业社会，其基本文化、价值观念乃至思维逻辑均带有与人为善、辛勤付出、花好月圆的特质，这是农业社会特有的文化传统。然而，现在的年轻一代却正好面临着时代拐点，伴随着改革开放和全球化进程，国家进入了高速发展阶段，年轻一代的生活方式也随之发生改变，他们通过求学、就业等方式来适应这些变化。当我回到我的故乡，一个位于山东威海的小镇时，我发现那里冷清异常，商业活动寥寥。年轻人都离开了，只剩下老人，但老人往往又比较节俭，不愿过多消费，所以那里的商业活动大多只够满足最基本的生活需要，很难找到咖啡馆这种多样化的消费场所。同样，皖南地区也有类似的情况存在，年轻人都选择去上海、杭州或者其他的大城市谋求发展了。

年轻一代的生活观念和上一代人之间已经产生了一种文化分野。年轻人原本应该享有的温暖家庭，现在却变成了充满矛盾的战场。父母操心孩子学业如何，何时恋爱，何时结婚，何时该干什么。而孩子则觉得父母给的压力太大，对催学、催婚等行为感到厌烦。尤其是受教育程度越高、离家越远的人，与家庭的冲突可能越激烈，双方的观念很难调和。从父母的逻辑看，他们希望孩子能回到家乡，孩子自身有学历，家中又有房，再找个稳定的工作，过安稳的日子，何乐而不为呢？然而，年轻人渴望接触新潮的思想和全球化的信息,他们向往的是未来,向往的是大城市的挑战与多元性,他们认为青春和精神就该在这样的地方释放。如果回到家乡,尽管生活安逸,人也会因此变得闭塞,最终陷入自我循环的老化状态。因此,这种代际关系之间的冲突就成了一个棘手的问题。

亲子关系与其他社会关系不一样,因为父母并不期望子女能有多大作为或开创多大事业,他们真正在乎的只是子女的平安健康与工作稳定。从这个角度出发,他们不希望子女有过于冒险的行为或过上飘忽不定的日子,代际就产生了较大的观念差异。

随着生活水平的提高和社会经济的发展,房价的飙升吞噬了大量的有限资源,致使人们在精神、文化、艺术、自由等方面的发展追求受到限制。有的父母甚至不遗余力卖了现在的房子,只为给子女购置新房。这当然是父母亲情的表达,但在我看来,这一代年轻人更需要的是一种精神上的推动与鼓舞。

在资源配置方面,农业社会和现代社会存在着显著的差异配置,价值的落点不一样。我非常提倡年轻人多去探索世界,看看不同地区的人的不一样的活法,找到自己生命的创造点和生产点。

我有一个学生,毕业后他就前往欧洲发展了。在那里他主要从事的业务是每个月从中国发运一个集装箱,内含中国的各种土特产、民间艺术品以及可供出口的古董,这些商品在瑞士等欧洲国家很受欢迎。通过这种方式,他将自我发挥的舞台拓展至全世界,将漂流变成喜悦的事情,人生充满了新的发现与光亮。

我在韩国工作时认识了一位父亲,他认为韩国现行的正规教育会对孩子产生束缚,所以在儿子小学一年级时就把他送到中国学习,儿子年岁渐长后,他又将儿子送往美国,后来又让他去非洲体验生活。他希望孩子能看到一个很广阔的世界。我们的年轻人千万别抓错落点,应当培养自己的世界视野。用买一线城市一个房子角落的钱去游历两次肯尼亚,去探寻南美印加文化,我们应该有这样的决断、尝试。

人的安定感也来源于其对学习的沉浸,对新生事物的渴求。当我们触碰到他人不一样的生活,内心会升腾起一种不一样的渴望，构筑出新的动力——我要学习能融入这种生活的技能。这样也就能找到自己的落点，也能给自己带来安全感。

人在世界上最大的安全感来自自己的创造性事业，而创造性事业往往需要深入的学习与积累。生命是非常短暂的，除去花费在求学、休息以及其他琐事上的时间，能够专注于事业的时间并没有想象中那么多，真正做好一两件事就已经很充实，生活便犹如树木般拥有自己的年轮与内在的肌理。这时任凭风浪起，内心都会充满笃定与踏实。

现在原生家庭的问题是，父母的生活立意是基于自己过去生活的沉淀，期望孩子像他们那样过生活，但孩子面对的是全新的社会，他们需要新的生活观念和逻辑。这时候父母对孩子最好的支持，就是鼓励他们多去认识世界、打开世界，从中树立好自己的价值观。如果孩子喜欢摄影，就在自己力所能及的范围内为孩子添置好的器材，让他学习如何使用器材配件，如何剪辑与后期制作等，在此过程中，生活因被带动起来而变得充实。同理，如果孩子喜欢绘画，就支持他学习素描、速写这些技能，将生活从这些有意义的事情中建构起来。

代际关系中最恰如其分的温暖是生命的推动，激励孩子去探索、尝试，给他们第一次推动，给他们第一层呵护，给他们一种启动远航的力量，那这个社会的潜力与活力将不可限量。

新时代的青年如何让自己更有建设性？

我们今天所处的时代，是一个归零时代、拼图时代、平民时代、大众时代。在这样一个特殊的时代，我们要认识到一种不一样的命运。我一直说，我们要去做有建设性的事儿，这种建设性一来指的是对社会有用，二来指的是能够为自己带来精神性的成长。时代的空白点很多，这个时候建设的余地是很大的。

通过一些经典的历史书籍，比如《现代世界史》《西方的遗产》等，我们可以发现，即便西方历史学家在尽量避免欧洲中心论，但他们普遍认为现代世界的塑造是从工业革命之后的欧洲开始的，全球的工业化进程都要照此路径走一遍。但我一直有个疑问：现代化道路是否只有这一条？帝国主义时代通过强权强行重组了世界，包括非洲、南美等地。如果这一道路是绝对唯一且正确的话，为什么今天的非洲、南美很多地区还是没有充分地发展起来？资本的逻辑——马尔克斯在他的小说里也曾论及——有它自身的那种强硬，导致了当地的"百年孤独"。

而我们的国家有自己的历史属性，一方面，我们有五千年的农业文明根基；另一方面，中国文化共同体并非通过武力征服实现，而是通过文化传播和教化逐渐发展起来的，它有着自身的内在逻辑。

在经济发展的推动下，处在特别形态下的中国社会，必然会形成一种新的文明级别的原生性事物。例如，中国的电商平台和物流业之所以如此兴盛，是因为随着购物方式的更迭，物流的概念也发生了质的变化，其中暗含了中国人对生活的理解和需求。在世俗文化社会中，人们在日常生活里有着各种各样的物质需求，而物流系统则需要适应这种多样性，以满足不同人群的需求。

在中国经济持续发展、人均GDP逐步提升的过程中，文化推动和文化转型将如何发展，其变化将呈现怎样的逻辑结构？这些都是目前尚未有明确答案的问题。有时我们可以借鉴一下日本的经验。在日本1891年浓尾大地震中，人们发现许多西洋式建筑倒塌了，而传统的木结构建筑却相对稳固。这时日本人总结，并非所有外国的东西都是好的。后来日本人开始在自己的文化上深耕，他们的能乐、相扑、茶道、插花以及乡村小镇的建筑，都体现了他们的坚守与营造。

我们当然不能去简单地复制和模仿任何一种文化模式，而应该探索属于自己的现代性转化和创新，在这个过程中，建设性就特别重要。每个人都应该在微小的生活里多尝试，多发挥一些创意，并努力去实现它。

现在的年轻人，因为他们的视野是全球化的，接触和吸收的文化也更加现代，更加丰富和多元。但是，希望和现实之间总是有差距的，这代人对生活的理解、对生命的定义与过往几代人不同，这正是我们国家发展的最大的精神动力。我们要向前发展，就要有这种不满意，这种对生活强烈的、更加符合人本主义的期待，这时就产生了新的社会变革的需求和动力。

今天我们最需要的是有建设性的一代年轻人，他们除了不满意现状，还能够推动社会和国家的发展。我们要通过自己的学习、阅读、思考和交流来看看世界上已经发展出来的东西。我们不仅在经济、科学和技术上站在巨人的肩膀上，站在前三次工业革命的基础上，学习发达国家走过的道路，吸收他们的经验，还要结合我们中国的国情、历史和文化，再进行原创，推动国家的发展。

所以，我们应该脚踏实地，每个年轻人都应该找到自己的落点，看到什么地方不完善，需要改变，并提出一些建设性的思路。只要让自己转变到这个角度，你就会迅速发现自己太缺乏知识了，需要多看书、多实践、多思考。

中国社会将要产生的文明新形态，是现代的、多元的，不光属于中国，也属于全人类。它并非与西方对立，而是文明的历史溯源不同，内在机理不同。

文明依托代际传递。通过一代一代地传承，新的生活观念和共识逐渐形成。共识的运行可能需要一段时间，但这是对全人类都很有价值的事。

黑格尔的哲学逻辑认为，存在就是合理的。所有存在的事物都有其内在的合理性和逻辑性。然而，这并不意味着它们没有自我否定的一面。所以这时候，我们怎么去培育和推动有建设性的事物，怎么能够让这个世界向好的方向运转，是我们要思考的问题。

我们的长期主义消失了？

我们国家的文明基础，在世界范围内来说是有自己的独特优势的。我们的文明伦理是农业文明哺育出来的，农业文明的伦理根性是性善论，它归根到底就是为别人多考虑一点儿，也就是我们中国传统文化中的"老吾老，以及人之老；幼吾幼，以及人之幼"。这与海洋民族的竞争性、强硬性伦理是不一样的。

性善论寻求的是一种平衡，即好的生活既考虑自己的需求，也考虑他人的感受，并非像巴金《家》《春》《秋》中的人物泯灭自我完全服从于家族，也非完全以自我为中心。古代社会的善，所谓的"道德"说到底非常简单，就是自己和他人的关系——为他人考虑多少，为自己考虑多少，互相之间如何权衡取舍。在传统社会中这并不难选择，因为大家都生活在长期关系网中，村落中的人可能一生都生活在一起，这次我吃点儿亏，下次可能是你让个步。

传统文化中宝贵的一点是长期主义的存在。农民秋收冬藏，循环往复，从播种到收获，就是一种长期主义。但我们今天面临的问题是，因为人员的频繁迁徙和流动，现在很多人缺乏长期主义精神，他们没有主轴，不知道到底要追求什么。一个人没有长期主义精神的话，他的生活就会随波逐流，充满碎片化。

当下对各种预期的不确定性使得人们想要紧紧抓住自己能够得到的东西。婚姻关系就是一个典型。你爱一个人，知晓他一生追求什么，这很重要。现代社会的高离婚率，也说明婚姻已经变成一件很不稳定的事情。一方在婚姻中成倍地付出，但是他将来能得到什么并不清楚，也就产生了极大的不稳定性。连亲密关系都变得不可预期，道德关系里的逻辑自洽也就变得更加困难。

市场法则也是如此。我有一个学生是一家影视公司的副总裁，他跟我说，他们出品的影视产品，即便再有创意的构思也要服从票房、服从流量。我们以前说20世纪90年代的中国电视剧就追求两个目标，一个是打得血糊糊，一个是抱得紧呼呼，也是同样的逻辑。我的学生也表示很痛心，觉得现在做的事情对我们的文明、道德、价值观的破坏力度，可能将来一两代人都难以恢复，但是没办法，因为市场规律就是要先活下来。

这也反映出我们现代人的人生一大特点——有职业无事业。一个人有自己的根系立足点，有长期要发展的事业，他才从容，如果只有职业，那是谋生、是工作，而事业才是劳动，事业是发自生命深处的创造力。今天的很多人之所以感到内心惶惶，就是因为他们只有职业没有事业，有工作没有劳动。

我们的社会就像马克思对资本家的分析一样。他说资本家是异化劳动中最惶惶不安的人，总是担心自己说不定哪天就被市场淘汰了。整个社会充斥着一种不安定感，但为什么大家还在维持这个秩序？说到底是有一个所罗门瓶子*在旁边，一旦拔开塞子，释放出的破坏性能量是非常惊人的。

---

* 所罗门王大败魔鬼，将其封在瓶中。所罗门瓶子寓意邪恶的、有毁灭力量的事物。

如何看待人的生存状态和人的建设？

在看待人的生存状态时，我们可以从宏观、中观和微观三个层面来进行探讨。从宏观层面来讲，我们国家曾经历过阶级斗争和大革命时期，在这样的时代背景下，人被宏大的历史趋势裹挟，个体本身从某种意义上说更具有工具性，而非自主性，缺乏生命本真的质感。

鸦片战争以来，国家危亡，我们要走什么道路，选择什么主义、制度，在世界丛林中如何生存？这些宏观问题变成那个历史阶段的核心问题。核心问题之后，紧接着就是中国的工业化发展。全世界的工业化发展都是比较粗糙的。英国工业化早期的煤矿，里面简陋得一塌糊涂，只有几根木头撑着，瓦斯爆炸的概率很高，走出来的矿工都黑乎乎的，像野兽一样，充满了狂暴。我们国家也走过一段艰难的路。在这种条件下，工业化并不是围绕"以人为本"发展的，而是为了让工业养更多的人。

当代生活中，我们开始关注生活方式。生活方式里暗含着每个人的差异性需求，这跟个人的原生家庭、教育经历、社会地位等都有关系。但我们以前顾不上这些，过去人们提倡"先治坡后治窝"，先开垦、生产，然后照顾自己的小家。这就造成人不鲜活的问题。我曾经在农村劳动两年。当时大家都是分配劳动，今天耕这块稻田，明天耕那块稻田，导致劳动的人没有自己的原动力；土地收成多少和自己没有关系，人的主观能动性没被调动起来，所以整个国家的潜力释放不出来。如果人总是活在宏观层面，个体就谈不上了。

在宏观建设层面，我们很有热情和活力，精神状态可以说是意气风发。当涉及中观层面、社会中间阶层和公共空间的建设时，我们似乎缺乏经验。

各类大学、各种社会团体，它们都扮演着中间组织的角色。世界上历史最悠久的博洛尼亚大学就是从修道院转变过来的。像牛津大学和剑桥大学等学府都是由多个相对独立的学院组成，每个学院都有自己的教堂和传统，形成了一种自组织的结构，学院变成共同体。每一个共同体都有自己的文明、规则和价值观，在不同的组织、不同的中观层面，大家相互之间交往的时候，都要保持平等和尊重。

商业也是中观层面非常重要的一环。我很喜欢17世纪英国哲学家洛克的一些观点。他认为，尽管商业被很多人看不起，但它是现代社会的基础。商业其实最多元化。因为商业追求利润最大化，这一过程不受信仰、政治主张、民族等因素的限制，所以也就能容纳各种差异。像丝绸之路贸易，并不是中国人从长安到威尼斯，而是出了境以后由阿拉伯商人在中亚接手。商业文明的发展促进世界的多元化、丰富化。

我们需要更加重视中观文化的建设，就是中间组织的建立和发展，中间组织蕴含着人的主动性和创造性的发挥，也是自由和平等理念的实践场所。

聚焦到微观、个体层面，我们从大宏观跳到20世纪80年代涌进来的个人主义、自由主义，中间是缺乏智慧成长的，有点儿无本之木的意思，我总结下来就是有观念没思想。

观念充满光芒，但实际上它又是非常简化的东西，缺乏深度。我们看黑格尔哲学，如果只看结论，可能认为很简单，只有真正看其逻辑推理过程，才能发现它的深奥之处。这背后当然有其所在社会的经济、政治、历史、文化等提供的坚实基础。从微观上说，我们买什么衣服、吃什么食物、怎么生活，是比较形而下的层面，内在的、根部的问题没有解决。个人的生活选择与更广泛的社会和哲学观念紧密相连，而这些深层次的问题如果得不到解决，可能会影响个人生活的丰富性和深度。

比如，网络暴力的盛行就是大家普遍心态的反映。有些人好像特别喜欢把"神"拉下神坛。当那些看似优越的人被曝出丑闻时，网络上就会形成一种狂欢，所谓"乌合之众"就产生了。当他们发现那些看似优越的人也不过是和自己处于同一等级时,就有一种扭曲的窃喜。

所以我一直认为,社会发展的最大动力之一就是人的建设,人的建设刻不容缓。在人的建设上,我们又应该着力于微观建设。微观建设就是需求建设,既包含精神需求,也包括专业性需求。通过微观建设,我们不仅能够满足个体的精神与专业需求,还能够为社会的持续健康发展注入源源不断的活力。

劳动和工作的区别是什么？

现代社会要求我们有很好的生命理念，但我一直认为我们没有分清楚劳动和工作的区别。劳动意味着生命不断地发挥自己独特的价值，由内而外地展开。而工作很多时候是生存的必需，并不一定能促进人的生命成长和发展。

以一棵树为例，春天它开花了，这看似简单，但实际上这是它努力的结果。它从地下吸收水分和营养，努力长成一棵高高的树，这个过程就是劳动。在生态系统中，树木白天吸收二氧化碳释放氧气、夜晚吸收氧气释放二氧化碳，成为自然生态里生命循环的一部分。劳动就是向我们生活的这个世界输送特别好的贡献，劳动者由此获得自己的价值。

我们每个人为什么要学习、工作、成长？其内核是，我们从小便开始了劳动，让生命努力地生长。劳动是什么？劳动就是让自己的内在特质按照美好自然的状态来发挥、发展。当我们以这样一种状态工作，就会在社会分工中获得价值。劳动就是自我创造，创造能赋予社会和人类有价值的东西。这是一个不间断的过程，在这个过程中每个人会有自己的天赋、特性，有自己特别的呈现，这是最珍贵的部分。工作是什么呢？工作是社会生产大分工里的一个片段，它与整体的大生命不一定对应。有的人以为工作和劳动是一回事儿，人的一生就是在工作范畴里。其实工作只不过是一个平台，这个平台不理想不代表劳动不理想。马克思主义学说"自然辩证法"中有一个非常核心的观点，那就是劳动创造了人本身，而绝对不会说工作创造了人本身。工作创造利润，劳动才创造价值。手拿工具，才能促进脑部发展。反观一下我们的生活，每一天的劳动，有没有促进自己的发展，有没有促进自己的生命成长，这是最重要的，也是身处社会中的年轻人要重点考虑的。

很多人在疲惫的工作中，做着与自己的内心没有联结的事情。在我看来，这种与自己的内在割裂的工作，就没有形成劳动。这时的工作仅仅是谋生的手段，是属于"安身"的范围，离"立命"还很远。如果一个人的"安身"和"立命"是分开的，那么他就很容易疲惫。

劳动价值的寻找是不可能一步到位的，生活也绝不是一步到位的，我们需要体验社会。在工作场域我们也能获得社会体验，而不只是拿份工资。工作环境里形形色色的人，他们的技能、道德品格、价值观等都在影响并塑造着我们。工作环境就像一个熔炉、一个孵化器，充满了多样性，我们与它的关系也是多样的。收入固然重要，但它只是其中的一部分。有些工作收入不高，但带给我们的收获非常大，充满了挑战性，也充满了对自我的历练。

对于年轻人来说，尤其是在30岁之前，甚至是在

35岁之前，其主要目标不应仅仅是赚得金钱，更应该着重于丰富内在生命的含金量，尽量地多一些试错，多一些眼界的打开，然后才能更清晰地知道自己想要什么。到这个阶段，劳动和工作就尽可能统一起来了。我们要很明确地知道自己的劳动点、劳动价值在哪里，虽然我们的工作可能无法完全实现个人价值，但其中总有部分是与劳动紧密相关的，比如我们的社会经验、知识、道德观念等。一个年轻人必须是从工作开始，逐渐摸索到自己的劳动，最后来到劳动的位置上，走出各种各样的外在的分配和限定。

古希腊斯多葛主义强调，人要有力量承担不能改变的，也要有无比的勇气去改变可以改变的。要让年轻人知道这个世界什么是不可改变的，什么是可以改变的，就需要给他们正向激励，在可以改变的选项里做自己的事业，选择自己觉得有价值、内心喜欢、愿意努力去做的事情，这就是一生的劳动。

当今年轻人正在经受一个孤独而艰难的阶段，这是必经阶段。在这个阶段，我们的意志、品质得到不断的磨炼。同时，在各种各样的社会分工里面，我们获得了对世界、对社会、对人的开阔性观察。而我们追求的劳动再生产、自己的个性化生产，正是根植于自我生存的深度体验里。

现在很多年轻人去工作，选择挣钱多但可能心里不是那么喜欢的工作，先有点儿资源积累也是可以的。但是不要迷失自我，不要和优质的劳动、美好的劳动分道扬镳。

我接触过很多人，他们最初喜欢摄影，喜欢文学，喜欢电影，工作的出发点是财务自由后做喜欢的事，但最后在挣钱的道路上迷失了，最初的梦想和爱好也就随之远去。我有一位原来跟我一起学摄影的朋友，后来做了企业董事长，生活方式也发生了变化，日常充斥着高档消费，吃饭是万元起步，喝的酒是法国原装进口，社交都是高尔夫等高端运动。后来他想回到专业，回归初心，但身处的位置和系统决定了他不可能再回来。所以，我说一个人要有坚定的、清晰的认知，要自己好好地积累，多看多想。

人这一辈子，身份、地位、金钱什么的不重要，关键是你的生活跟你的劳动要对称。人这一生就是要寻找到劳动的感受，而不仅仅是寻找一份光鲜的工作。

2008年我去香港中文大学开会，在一个灯光初上的傍晚，走到了赤柱的一个三岔路口，看到一个小花店。花店很简单，就像很多路边的小店一样。一位30多岁的男人在打理一束束花，神情专注，又充满温情。这个画面让我觉得非常美，普通而温馨。后来我又来香港时，很想知道那个花店还在不在。走到赤柱市场道的入口，我一眼就看见了这个花店，还是老样子，还是那个男人。尽管他的面容显得有点沧桑了，但他的眼神还是那样平和，身影还是那样安静，还是那么专注地打理着花束。我站在远处看了很久，感慨颇深。十几年了，寻常百姓一天又一天的劳作，支撑了城市的车水马龙。这是人类生活最普通的存在，维系着社会生存的日常。但这日常中有最朴实的伦理，而这伦理的核心价值，就是自己的生活与劳动是对称的，这应该被久久铭记。

年轻人如何为未来做准备，过得浪漫又专业？

未来不是一成不变的，它充满了变数和挑战。对于年轻人来说，为未来做准备不仅仅是积累知识和技能，更是一种对自我潜能的探索和对时代脉搏的把握。年轻人一定要考虑自己活在什么样的时间维度里。

中国社会飞速发展，5年以前我们想不到现在的成果，10年以前更想不到今天大数据、人工智能等技术兴起引起的各种社会变化。未来同样充满不确定性，但我们可以借鉴发达国家的历史，比如日本和美国在人均GDP达到15000美元时，社会发生了什么转变，经济、艺术、文学等是一种什么状态。当我们很真诚地了解过，就能知道中国可能有哪些必然发生的需求，有哪些需求存在国际差异。

为未来做准备的年轻人还不多见，但是我们要逐步培养自己的这种眼光。因为一切前途都是需求决定的。5年以后中国社会出现的新需求会落点在哪里？文化需求有多少？城市化需求是哪些？例如，电影艺术和公共空间可能会出现哪些新趋势？民族文化又将如何转型？这些问题的答案中蕴含着无限的创意和机遇。比如浙江南部的泰顺是中国著名的廊桥之乡，很多用古代工艺做出来的廊桥特别漂亮，但同时也在不断遭受雷电、洪水等威胁。当它们被毁后，使用何种材料、如何重建、工艺是否得以保留等，这些都是亟待解决的问题。年轻人应当做好这个阶段的积累，同时具备一种面向世界的前瞻性，等待向世界讲述好故事的机遇。当新需求出现时，只有有准备的人才能把握住。

通过考大学一事，我深有体会。当年我在云南高黎贡山劳动，那里聚集了很多知识青年，他们中不少人认为读书无用，转而投身于偷鸡摸狗等生存竞争中。他们会拿有倒刺的鱼钩裹上糯米饭团来"钓"鸡，捉到后炖鸡汤，也会在夜里去掏老农的鸡窝，慢慢地也就荒废了学业。当真正的高考机会来临时，当然就因为之前没准备、没积累而错失了。很多知青随返城大潮回到城市后，只能进入工厂，做一些最基本的流水线工作，收入很低。上海的老房子都比较窄小，家里如果有兄弟姐妹，空间就会变得特别拥挤，家庭关系也变得很紧张。在这种环境下，工作和生活条件都很困苦。

未来5年、10年之后，很多年轻人会感到很被动，因为大家现在都趋向热门的专业、热门的工作，扎堆越多，资本主义经济危机就会来得越快。过剩的英语专业就是一个例子。只有那些真正做好准备的人，才能在新需求出现时体现真正的价值。

未来的世界，贵在差异。大家常说现今是"流动社会"，但细细想，倘若只是身体的移动，而没有精神的交流，这种同质化的"流动"只是一场空幻。精神的交流需要人和人之间的经验"势差",需要独特的经历、探索的意志和独立的思想。社会的生机在于多元化,人的魅力在于活法的多样性,这是历史的大趋势。

年轻人要打开想象,去换一种活法,在流动中去寻找世界,寻找自己,好好品过生活后创造一种新生活。

美国电影《杯酒人生》中的主人公,生活充满挫折,业余喜欢写作,却屡遭退稿,他的妻子因不满他的不务正业而选择了离婚,他因此十分绝望。就在这个节点上,他的好友杰克——一个过气的明星——即将步入婚姻殿堂,邀请他一同驾车前往一个葡萄酒庄园,杰克打算好好享受一下婚前的单身汉生活。

在美国文化中,婚前性开放被视为一种常态,但婚后则需要忠诚。杰克认为世界是男人的欢乐场,婚姻则是对人的自由的束缚,在婚礼前的一周,他尽情狂欢,到处结交异性。这位作家主人公就有所不同,他热爱品酒,但不是沉溺于酒精,他喜欢细细品味每一种酒的独特风味,他用鼻子嗅,感受酒的香气,然后缓缓品尝，慢且认真。

很多人的生活理念是，我喜欢这个，我就吃这个、喝这个、用这个，但《杯酒人生》里不是这样，它所传递的观念，其实是人要保持一种"品"的生活态度——品人生各种各样的滋味。生命就是品，生活需要品，细细地品出每一样东西的差异，品过之后才知道整个人类生活的苦辣甜酸。因为没有任何一种味道能涵盖所有的美好，也不存在任何一种味道能概括所有的生活。

当我们真正有一种发自内心的愿望，想探究生命是什么的时候，当我们想好好走过、品过这个世界，既做一个欣赏风景的旅行者，也做一个踏实劳动的耕耘者的时候，我们的生命就能真正地展开，因为那个时候，我们会逐渐找到自己内心深处向往的生活，实现真正的渴望，这会给人带来一种真正的幸福。我一直强调，每个人都应该是自己精神价值的第一责任人，如果人人都有一种好的生命观，社会也会慢慢发生转变。

前段时间有人问我：对年轻人最大的期待是什么？很简单，我希望他们既浪漫又专业。

浪漫是对自由的追求，有一种面对世界的渴望，会去探索世界；专业意味着一个人有非常好的专业能力或技能，能做创造性的事业，能对生活有细节的感受，更能拥抱这个世界的多元化。人文主义的浪漫性和专业性，是人的精神建设中不可或缺的重要组成部分。

我们的文艺复兴了吗?

当人从封闭的环境中释放出来,面对世界会有一种特别新鲜的渴望,当这个新鲜感、好奇心被基本满足后,人必然会有更高的需求,为满足这个需求,社会会涌现一些新事物、新现象,来吸引人继续追求想要的生活。

文艺也需要与时俱进。不要用我们崇拜的经典遮蔽自己的独特选择,这相当重要,一旦关于文学的创作与阅读陷入同质化,只有集体记忆,没有个性化的感性互动,它反而会禁锢今天的人们,阻挡人们通过文学阅读去打开自己的创造性生命。

为什么会出现矿工诗人陈年喜、外卖诗人王计兵这样的内容创作者？他们的年龄和经历从一个侧面反映了我们国家的发展。

我们国家改革开放已经40多年了，很多人已经不再是传统意义上的农民，而是受过教育的一代，至少他们都接受过初级教育，识字且通情达理。日本明治维新为什么会成功？因为当时的日本社会，民众识字率很高，像在江户，80%的男人是识字的，40%的女性是识字的，这使得人们对世界的体会和理解更深刻。

我们国家现在也走到了这样的时代节点上，文化生产、文化消费已经超越了最简单的初级阶段。过去，人们看《泰囧》这样的电影会感到非常开心，但今天可能不再满足于此。像《天下无贼》这样的电影，如果在今天放映，可能也不会有过去那样的反响与共鸣。我们的社会已经进化了。

我曾和陈年喜、王计兵这两位来自劳动第一线的诗人做过线上对话。陈年喜是一位矿工诗人，他干的是最危险的矿山爆破工作，经历了太多艰难和危险，正如他在诗歌中所写："我把岩层一次次炸裂，借此把一生重新组合。"他在对话中讲述了自己在国内外的艰辛经历，他的从容、深沉，让我内心震撼。

外卖诗人王计兵的阴晴风雨都是在送外卖的辛苦中度过的，他的讲述让我体会到一个个心灵颤动的瞬间。他没有让时光白白流逝，而是把心路历程化为诗歌，写出了不一样的语言。和他道别时我说，与他的交流是我最好的学习经历。这不是客气，而是我最深切的感受。

我一辈子做文学，而文学的题中之义，就是要去看整个世界，观察人类形形色色的生活。文学，是一种精神内部的治愈与疏解。

文学从何处来？需要从历史最坚硬的核心地带中来，需要从承受着社会最沉重分量的劳动者中来。我们巨大的城市化、工业化过程，我们伟大的社会转型，都来自无数普通人内心的精神向往。陈年喜、王计兵是万千普通劳动者的代言人，从他们的内心深处释放出的深沉的感情和愿望，微光成炬，照亮前程。这是我久久盼望的文艺复兴，看到这样的作家，我深深期待与他们同行。

这个时代,文学还合不合时宜?

归根结底,中国社会的基调是世俗的,不是信仰有神论的社会。尽管我们引入了佛教,但佛教本身是无神论的。佛教中没有神,悉达多等人都是凡人,只是他们悟道了。

中国人自古以来就有"民以食为天"的观念,这是由农业社会长期处于贫困状态决定的。我们没有欧洲的贵族制,欧洲的长子继承制有助于财产的完整保存和代代相传,从而形成了一种贵族文化。在这种文化中,名誉和身份是被看作高于生命的,为了名誉他们甚至不惜决斗,如普希金一般。而我们农业民族以活下去为第一要务,这也是为什么余华的《活着》能够引起广泛共鸣。

近代以来，知识青年、文化青年萌生了新的精神价值，正如鲁迅当年批判国民性。我认为我们国家的国民性批判还应该加大力度，很多形而下的东西还是存在的。但并不是说全盘否定形而下，而是我们要有多层面的观察。正如马斯洛的五种需求理论所描述的，人的需求有不同层次的构成。

20世纪80年代，我们刚从贫穷里走出来，在这个被称为理想主义的年代，人们追求个体自由和生活在别处的浪漫情怀，并形成一种风尚。

然而，到了90年代初，随着市场改革的推进，这种理想主义逐渐消退。我在无锡江阴进行乡村文化调查时，就发现了一些明显的变化。江阴的文学氛围很浓，儿童文学尤为出色，乡间的民间故事也丰富多彩。当时澄江镇文化馆馆长丁阿虎，是小有名气的儿童文学作家。一群人坐下来吃饭，当介绍到这是中国作家协会会员、儿童文学作家丁阿虎时，大家都会发出"哇"的惊呼，觉得了不得。然而，在90年代以后，大家就只在听到"这是某某老板"时才会有所反应了。

20世纪80年代时,如果有一个男孩子会弹吉他、会唱歌,就会有人跟着他走四方。而到了90年代,即使一个人弹得再好也不会有这样大的吸引力了。所以我们农业社会的传统底色还是比较趋向于世俗的快乐的。但世俗的快乐并不一定是幸福。幸福需要有价值、有反思,甚至需要舍身忘我。

我们有希腊文化中庆祝秋季丰收的喜剧精神,但缺乏秋天祭神的悲剧精神。

孙隆基在《中国文化的深层结构》一书中提到,中国人用"吃"来形容很多东西,如"吃亏",这是我们文化的独特性。

在文学领域,在过去宏大叙事的年代,文学表面上地位崇高,但作家内心还是缺乏对现代世界发展的系统理解,不少作品思想含量稀薄。一旦社会变迁,创作者本身未成长的状态就会显现出来,写不出具有时代性的作品。按照美国社会心理学家马斯洛的理论,人的低层级需求停留在食色、安全感和归属感上,而更高层次的自我实现需求则还没有触达。文学最伟大的价值，是对接人类的精神深层需求，而不仅仅是丰衣足食。这涉及生命观、幸福观、价值观，文学不立足于这一点，就没有对人的终极关怀。这是一个非常真实的现状。在非常年代，不少家庭生活遇到困难，第一批被卖掉的往往是书籍。

根据中国新闻出版研究院发布的世界各国每年人均阅读量数据（2010—2022年）来看，以色列是68本，美国是59本，俄罗斯是55本，法国是24本，日本是44本，而中国则只有4.78本。这就是差距。我去县城的新华书店时，观察到书店摆放的很多书都是教辅、工具书或养生类书籍。

当然，情况也在发生变化。书店是一个很好的文化指标。我曾去过吉林白山的一家书店。进去之前原本并没有抱太大期望，结果却发现那里不仅有现代西方文学书籍，还有中国诗人的精装诗集，且这些书籍占有一定的比例，这让我感到意外。书店不会进购卖不掉的书，这说明市场对此类书籍确实有一定的需求，同时也反映出这里的人是有这样一种成长转换的。

新一代年轻人，特别是1990年以后出生的独生子女，他们成长于经济高速发展的时期，对生活质量没有特别大的忧患意识，但他们有更强的独立性和精神需求。他们的需求不产生于顺向的生活状态，也就是并非因为无忧无虑而喜欢看书，而是因为跟社会有冲突了，他们的精神养成跟现在的社会结构出现矛盾了，产生了疑问和焦虑，于是通过阅读来寻找答案。他们会觉得否定文学很有意思，同时也会发现书中的内容跟他们的生存境遇还是有所对应的。

现代文学，或者说1900年之后的全球文学，主要探讨的是个体对自我的反思和价值追求。这一时期，无论是荒诞派、超现实主义，还是其他各种文学流派，它们基本的主题都是个人与社会之间的关系。随着时间的推移，新一代年轻人对新的文学的理解和体会将会更加深刻。

20世纪90年代以来，文学看似进入了消沉阶段，其实并非如此。我认为，当我们审视文学时，应该关注的是作品的文学性,而不仅仅是纯文学作品。整个社会的文学性实际上是在增强的。在当今时代,无论企业文化如何,它们都需要通过讲故事、做广告、创作剧本以及开创网络游戏等形式来传达信息,这些都是文学性的体现。实际上,文学性的体量比以往任何时候都要大。

什么样的文学才是好的文学？

当我们谈论卡夫卡时，就不得不提到欧洲基督教文明。在西方社会，信仰是普遍存在的，教民每个礼拜都要做弥撒。《圣经》是一个宏大的、充满隐喻的文本，充满了对世界终极价值的探索，以及一种对生命的悲悯情怀。它被视为西方的"万书之书"，西方大部分的书籍都与之有着千丝万缕的联系。卡夫卡的作品也是"万书之书"系统下的一部分。它们都有一个核心问题，那就是作者的信仰，有神圣性。

在卡夫卡的作品中，我们既可以看到他对微观的把握，比如描绘家庭里的父权制，也能够看到他在宏大的寓言化叙事里表达个人经验，比如杀父心理等。

这种宏大框架的存在使他的叙事具有了一种普遍性。

我们以今天的眼光看中世纪好像很黑暗，其实它有光明之处，即把人和神同格化。上帝创造了人，所以在人的来源上，有神的精神。在伊甸园，人天然无邪，犯了错之后上帝把人降到尘世，受苦受难之后还是会回到上帝身边去，夹杂着拯救、沉沦、再拯救这样一个过程。拯救的过程很重要。

在我们的传统文化中，一个人一旦堕落，就会被社会打上无法抹去的烙印，像《水浒传》中的人物一样。有一则古代寓言故事讲到，一个农民上山去，因为炎热和疲惫，就在一块石板上睡着了。睡着睡着，忽然有什么东西把他摇醒了，他睁眼一看是只大老虎，这只老虎邀请他去老虎王国玩一玩。他一看老虎这么和气，就跟去了。那里的老虎都很欢迎他，向他示好，带着他去打猎、捉羊。虽然他刚开始与老虎交往很不习惯，但久而久之跟老虎混熟了，他也会四脚着地跑、吃生食，跟老虎互相吼叫。有一天，当他正跟老虎奔跑时，突然被一个树根绊倒，醒了。农民发现自己不过是睡在石板上做了个梦，然后就回去了。他回到村庄，村民们对他的突然出现感到非常惊讶，因为他已经失踪三年了。家里人开心得手舞足蹈，杀猪庆祝。而当他看着家人煮肉、做饭，心里觉得很别扭，认为不如直接把猪肉端给他吃了，他甚至很想爬到猪圈里去咬那些猪。他也不说话，大家还以为他是在外面待得太久了；他也想说话，但是发现自己一开口就像老虎吼叫。慢慢地，大家觉得他奇怪，他也觉得很孤独，最后这个农民觉得自己还是要上山去，回到老虎的世界里。

我们常在人群关系里去讲世俗故事，而世俗故事往往围绕着等级制度展开，涉及才子佳人、贵人落难等情节。这些故事通常以一种固定的结局来结束，即所谓的"九九归一"，中间无论经历多少意外和波折，最终都会回归到一个既定的、理想化的状态。这种叙事模式实际就是被框住了。我喜欢看故事的结局，结局如何证明了作家对世界的理解、对生命的理解。

我喜欢陀思妥耶夫斯基的作品，我相信他落笔的时候，并不知道结局在哪里。人物走着走着，走到这里了，继续走，又走到那里了，最后的结局连作家自己都没想到。作家写作就是需要这样一个自由探索的过程。

卡夫卡一类的西方作家，他们有信仰，而信仰是个绝对值。西方文化中存在灵魂化的信仰这个绝对值，让作家们在写作时，就有超越自我的维度，叙事中包含如何找到归途、寻求灵魂的拯救这些问题。

然而，西方的近代、现代文学往往不以找到拯救为结局，而是展现了人物在寻找过程中的失败和迷茫。像《麦田里的守望者》，就表现了一种否定美学。其他典型作家诸如索尔·贝娄的作品都有一种孤独感、漂流感。在这种情感里寻求一种价值感，一种与庸俗的、模式化的主流间的距离。

一个作家，如果他的创作欲望建立在谋求相对的社会地位的基础上，那他面向读者的选择时，就是迎合的。故事的结局让人很意外，让人觉得更加深沉的作品才是更好的作品。

舍伍德·安德森的作品就很经典，先是《小城畸人》，后来是《马与人》。在舍伍德·安德森生活的20世纪前10年，美国工业化大发展，每个人都经历了各种城市变迁，身上积累了大量的经验，或者可以称之为压缩经验，但他们自己不太明白。

舍伍德·安德森认为很多人都在自己的幻觉和误解中生活。《曾经沧海》这篇文章讲述了一个叫艾丽斯的女孩子的故事。艾丽斯在十六七岁时与内德相爱，但内德为了生计去了芝加哥。在分别前夕，他们有了第一次亲密接触。艾丽斯坚信自己是内德的恋人，忠诚地等待着他的归来。然而，内德在大城市的生活中逐渐忘记了她。艾丽斯始终恪守着"自己是一个好女孩"的要求，一直等待。后来，她认识了一个职员，但在与对方的相处中，她又觉得自己只不过是过于孤寂，并不是真的需要他，她也不再需要内德。于是，在一个狂风暴雨的夜晚，她一下子崩溃，被内心的孤寂折磨得发了狂的艾丽斯做出了让人瞠目结舌的举动：她脱掉衣服冲进暴风雨里，渴望通过赤裸的身体与外界交流，释放自己的本性。

舍伍德·安德森总结，每个人都是"病人"，都有着未被意识到的、被压抑的欲望。他的作品不仅情节引人入胜，更给予读者一种启蒙的感觉，让人们认识到自己的价值以及是否有进一步改变生活的可能性。

舍伍德·安德森本身是个非常成功的做燃料生意的商人，他35岁时已是当地的商人典范，被众人视为榜样。然而，在36岁的某一天，他在办公室处理繁重的工作时突然感到人生的苍茫。面对秘书，他竟然一个字也说不出来。他冲出办公室，沿着大街小巷跑着。他来到河边看着河水追问自己：为何要追求金钱、商业成功和他人的赞誉？在这种困惑中，他决定放弃公司，离开原有的生活，前往芝加哥开始他的漫游之旅。

在旅途中，安德森与各种美国人交谈，试图了解他们的生活方式。他年轻时曾喜欢写作，于是他开始记录下这些故事。在这个过程中，他逐渐意识到自己真正的身份——一个作家，一个小说家。他的作品《小城畸人》中，就讲述了那些不知道自己是谁、不清楚自己价值的人。

舍伍德·安德森的小说特别善于捕捉决定性的瞬间。他用高光照亮这些瞬间，仿佛是用慢镜头把这些瞬间拉长，让人们在那一刻深刻感受到自己的不同：生命或是遭遇崩溃，或是有了另一种新发现。这是他的小说中很吸引人、启发人的地方。

今天，文学的原创力度还不够，千万不要怪大众。无论是出版人还是作者，都应有极高的文明意识、文化意识，以及对社会的透视力，了解民众的深层需求，齐心协力才能共同打造出好的作品。

文学作品里要有价值需求、精神需求和尊重需求，好的故事会给人一种推力。我们的作家需要历尽苦难、历尽沧桑，理解生活，然后才能真正写出好故事来。

如何平衡碎片化阅读和深度阅读？

碎片化阅读中，存在一个很显著的问题，就是"时间失控"。马克思也曾注意到这个问题，他认为一个人真正的自由、根本的自由是时间自由。一个人早上弹钢琴，下午去钓鱼，这是生活过程，也是生产过程，生活、生产融为一体，也能拥有自己的独立意志、自由选择。

现代社会，手机已经成为我们与世界情感联系最深的东西，出门什么都可以不带，但手机不能不带。这种现象的出现，主要是在智能手机大规模市场化之后。智能手机，实际上就是一台随身携带的小型电脑，它满足了人们对信息的好奇和获取。从心理学的角度来看,人们总是对未知充满好奇,而智能手机正是通过不断地点击和无限地输出,满足了人们的这种好奇心。每一次点击都带来新的悬念,这种无限的探索感,似乎让个人获得了一种自主性,让他们感觉自己在选择、在畅游。实际上,这种自主性是虚幻的,因为背后是程序、大资本的设计以及流量的控制。但对个体来说,我们往往无法清晰地认识到这一点。

现代社会将人变成了"自发"的人,即人在不知情的情况下,成为被操纵的一部分。智能手机,就是一个既小型又巨大的黑箱,它让我们的时间失控。尤其是对于年轻人来说,他们在成长的过程中,需要大量的养料和促进发展的因素,但手机却制造了一个幻象。手机本质上是很好的东西,通过它我们可以接触各种各样的资源,如公开课、外语学习、各种知识门类等。当然,如果想通过手机让自己在知识、思想方面获益,还需要系统性的投入,需要自己养成持续阅读、思考的习惯。投入大量时间专注学习和碎片化阅读,两者思考的深度、所获得的感知是非常不一样的,长时间、系统性的思考必然会让人更有所获，对于精神需求的满足度也会更高。

在视觉时代，手机、iPad（平板电脑）等电子设备让我们能够直观地接收各种信息，比如电影、美术作品等。以前，摄影师需要通过洗照片来观看作品，而现在，我们可以通过电子设备，轻松地欣赏到布列松、卡帕等大师的作品。在这个时代，手机等电子设备提供了丰富的资源，但关键在于如何将这些资源与个人的需求相结合。只有当个人有强烈的需求时，这些资源才能真正发挥作用。

我的一个朋友初到美国时，口语不好，就没日没夜地在网上看原版电影，没有中文字幕的辅助，经过一年多的磨炼，终于提升了英语水平。

所以一个人的需求决定了他能借用互联网做什么事情。但目前很多人的需求更多是出于生活压力，在互联网上寻求娱乐化、宣泄性和轻松的内容。短视频平台上的内容，虽然能够迅速吸引观众的注意，但往往缺乏深度和艺术性。我看短视频时，会特别注意视频中的光线、角度、剪辑、转场、音乐等细节，如果内容质量很差，我会果断放弃。

人们会自然而然地远离那些质量不高的内容，而专业的内容制作者会发现其中的商机。在中国，创业的空间是特别大的，因为低劣的东西太多了，这其实是可以转化的，这个转化的过程就蕴含着大量可做的事情。我常常思考：我们的需求跟网络到底呈现了什么层次的发展？可以说，现在的互联网内容在某种程度上表达了我们目前的文化、艺术、精神发展的水平。

有人批判我们追求的内容太低劣，那说到底能不能批判呢？我始终觉得不能批判。我非常反对鄙视链，每个人都是国家的纳税人，都在辛苦劳动，但有些人并没有获得应有的报酬，反而是所谓的上流社会更藏污纳垢。一个人活得粗劣，没有积累，被认为是匆匆上马，从小没有艺术、音乐等方面的熏陶……让"无本之木"有所建树本来就不可行。所以要尊重每个人的小快乐。也正因为如此，我们的社会更需要资源整合。

如何看待文化书写方式的变化以及中外的差距?

人类文化发展经历了口语、书写和视觉三大阶段。

在口语阶段,信息传播主要依赖小部落内的口口相传,是比较原始的状态。这种传播方式在小群体中有效,但随着信息的传递和变形,其准确性逐渐降低。因此,当大家要有一种共同记忆、共同意识的时候,记录就变得特别重要。在这样的情况下,书写应运而生。

中国是语言大国,文字产生比较早。一般认为距今3300多年、商周时期的甲骨文是迄今为止中国发现的年代最早的成熟文字系统,是汉字的源头和中华优秀传统文化的根脉。但早期的文字书写反映的是农业社会状况，在现代书写方面我们却相对匮乏。

西方在文艺复兴之后，尤其是工业革命之后，人的社会性增强了，具有了更加广阔的、专业化的或者说是多样性、多元性的生命形态，他们所体会的生活都体现在他们的书写中。例如，思想家洛克很早就开始探讨政府与个人的关系、个体的价值以及商人的地位等议题，这些都是传统社会所忽略甚至不允许提及的。

相比之下，中国社会在这些方面的现代书写则显得尤为不足，我们没有产生简·奥斯汀、艾米莉·勃朗特、波德莱尔等这样的作家，所以阅读对我们来说就很重要。我们需要大量地阅读那些属于现代书写的作品，因为之前没有现代阅读的积累，需要从阅读中获取的东西太多了，这样一来，时间就非常宝贵。虽然从改革开放到现在已经40多年，我们也早已跻身于全球化的浪潮中，甚至说立在潮头，但我们现代化的时间短，积累的经验少。从工业时代的清教精神，到现代主义的独立追寻，再到后现代的去中心化思想，五花八门的内容，我们要追赶的太多了。所以，我们要对时间有黄金分割的概念，要给自己留下足够的阅读时间。

对现代书写和现代阅读的奋起直追，是当下比较急迫的一件事。因为现代世界已经从书写文化转向了视觉文化。视觉文化已经成为全球文化的新兴潮流。视觉文化从电影到电视，再到互联网媒介，它以最大的贯通力、穿透力打通全球。它不需要识文断字，没有受过教育、不识字的人也能看，通过画面、话外音，他们就能知道个大概；不同种族和语言体系的人也可以看，比如介绍纽约有趣生活的视频，非洲的部落人民能看，也能理解，因为人类的生活本质上是相通的。所以今天的全球化语言是视觉语言。但我们在视觉语言这一领域的发展也相对滞后，因为起步太晚。

以动漫为例，日本从20世纪60年代开始发展动漫产业，当年面对迪士尼绝对垄断的优势，他们仍然决定要试一试。70年代时，他们就以丰满的羽翼飞向了国际市场。如今，日本动漫已经占据了全球60%以上的市场份额。当美国人还比较注重《猫和老鼠》这些童趣性很强的内容时，日本人已经把很多有关成人社会生存的东西融入动漫里。

就全球电影产业来说，我认为，第一梯队是美国电影；第二梯队是欧洲电影，主要是英国、法国、北欧等地的作品；第三梯队是日本电影；第四梯队可能是伊朗电影，像阿巴斯导演的很多作品虽是小制作，却能表达出异常深厚的底蕴；再往下是韩国电影，它学好莱坞很熟练，追得很快，镜头非常流畅；再就是印度电影；最后才是中国电影。在电影这一视觉文化上，我们的差距也是非常大的。

就今天的短视频而言，虽然它已经非常普遍，可以说已经渗透到生活的方方面面，但不得不承认，它的画面语言还很粗劣，它的内在美学品质、人文品质还处在比较简单的状态，这是我们要承受的视觉文化带来的冲击压力。我自己看短视频的时候心理阻力很大，因为突然就会蹦出转场画面，一只鸭子或一个人哈哈大笑一声，感觉有点儿野蛮。一开始接触可能会有些新鲜感，能让你哈哈一笑，到后面就会审美疲劳，感觉这是比较低级化的存在。但是现在，全民都在做视觉输出，这是科技发展的要求，也是推动我们向前发展的必经阶段，而此时全民的文化水平还没有跟上科技的发展水平，难免会出现粗制滥造的情况，但如果没有这一阶段，就必然没有后面的高飞。我们现在缺乏的是好的制作管理机制和有价值的示范性存在。视频应该怎么转场、怎么配乐，这都可以通过优秀视频案例进行引导。

　　我们不能否认，任何事物的发展都有过程性。视频互联网已经实现了能让大家互相看见彼此是怎么生活的。通过互联网，你可以足不出户看到全球各地的风景、民俗、新鲜事，能看到农民、牧民、渔民等各行各业劳动者的状态，能看到很多不一样的生活。我们接下来的任务就是要把这种生活的内在价值、品质等传递出来。

荒诞是否是生活的本质之一？

瑞士作家迪伦马特的《诺言》在全球范围内享有盛誉。在《诺言》中，一个11岁的小女孩被残忍杀害，村民们一致认为是一个小商贩所为，因为他在案发前与小女孩在一起。当警官马泰依到达村庄时，嫌疑人已经被关押起来。马泰依走进嫌疑人被关押的小黑屋，看到这个男人吓得哆哆嗦嗦，缩在角落里。尽管村民们群情激愤，要求处死嫌疑人，但马泰依凭借直觉判断他并非真凶。小女孩的母亲从马泰依的眼神中看出了他的判断，知道小商贩不是凶手，便要求马泰依一定要抓到真凶，马泰依答应了她。没想到的是，小商贩上吊自杀了，于是警察局以嫌疑人畏罪自杀结案，并且要给马泰依升职，调他去埃及做高级警官。

因为坚信小商贩并非真正的凶手，也为了实现对小女孩妈妈的诺言，马泰依拒绝了前往埃及升职的机会，坚持要破解这个案件。因为案件扑朔迷离，马泰依做了一个决定，就是和一个名声不佳的浪荡女人结婚，因为她有一个9岁的女儿，马泰依认为凶手可能会将目标对准这个小女孩。通过盯住这个小女孩，就有可能抓到凶手。

这个决定充满了不确定性，因为没有人知道凶手会何时出现。直到小女孩11岁左右，某一天，小女孩蹦蹦跳跳地回来，说路过小树林时，有一个叔叔跟她打招呼，还给她吃糖果。这让马泰依意识到凶手来了。他知道凶犯的节奏，先是一步一步地和小女孩套近乎，然后才动手。后面的几天内，那人几次出现；终于，有一天小女孩跑回来说，那个叔叔明天下午要给她一个惊喜。马泰依立即组织警察在小树林中埋伏，准备抓捕凶手。但出乎意料的是，尽管他们埋伏了一天，凶手却并未出现，之后的连续伏击也未能成功。马泰依因此变得神经质，甚至有些疯狂，很悲惨地继续和浪荡女人生活在一起。

小说的结尾，警察局接到一个老太太打来的电话。她表示有件事情必须说出来，否则她的灵魂无法安宁。警察前往老太太的家中，她透露了自己的弟弟当年浑身是血地回家，并承认杀害了一个小女孩。家人很震惊，他们知道弟弟神经有点儿不正常，面临两难选择——报案让弟弟坐牢，还是搬家将他藏起来，他们选择了后者。搬家之后过了两年，没想到弟弟再次发病，又杀了一个小女孩。他们又搬家。弟弟第四次发病时，很兴奋，家人知道他又要去杀人了，实际上他要杀的就是马泰依盯住的那个女孩。结果是家人没来得及阻止他，他在狂奔时被车撞死了……老太太在临终前揭露了这个秘密，证实了马泰依的坚持是正确的，但命运就是以一种意想不到的方式展现了它的无常和荒诞。

电影《河边的错误》也讲述了一个追凶的故事，里面也有一个疯子。它体现出一个荒诞的困境，一个无法用法律追究的精神病患者不断逃脱并杀害无辜，而警官不得不采取破坏法制的方式，通过自己把他杀死来解决这个问题。大家为了营救警官，又故意将警官描述为精神病患者，然而警官又不愿意这么干。这实在有一种荒诞性。

《河边的错误》中充满各种悬疑情节，生活充满了难解之谜，它揭示了我们要用一种什么样的精神，去寻找、去破解，慢慢地跟世界接洽起来。这部电影有标志性意义——我们如何接纳生活以及命运中的荒诞。这部作品有那么多人喜欢看，特别值得欣喜。我们现在的生活逻辑跟传统社会"种瓜得瓜，种豆得豆"的因果逻辑大相径庭，所以故事中的警官可贵在什么地方，我们的人生应该坚持什么，这些问题变得尤为重要。

人生要有一种诺言精神，要有去实现目标的坚持，但当我们面临的世界是一个失序的、混乱的、充满荒诞的社会时，我们如何做选择，这归根结底是一个存在主义问题。你想有自我的设计，实际上命运却在跟你开玩笑。

　　我们不应活在自己制造的问题中。尽管现代社会的荒诞性不时显露，我们却无须沉溺于烦恼之中。面对生活中的荒诞与波折，我们应以一种平和的心态去接纳。有时候人的思维逻辑对应不上社会释放出来的东西，不知道在现代社会如何去生存，所以就有了"哈姆雷特式"的困境。在过去，宏观叙事为我们提供了答案，我们只需为革命、为祖国而努力工作。但今天我们回到了个体层面，就要开始寻找生命自身的价值。

感性与理性,孰优孰劣?

简·奥斯汀的小说《理智与情感》中,主人公玛丽安就属于特别感性的人,她对约翰·韦勒比一见钟情,认为爱情应该如同闪电般迅猛且炽热,但韦勒比是一个复杂且多面的人,虽然长得英俊,但实际上性格多变,这一刻他是真诚的,下一秒可能就变得非常虚伪。

玛丽安的姐姐埃莉诺认为生活需要理智,比如说结婚,肯定要考虑对方的品德,也要考虑生活里物质的保障性,等等。姐姐代表了那个时代更为理智的女性形象,中规中矩,也很现实,与玛丽安截然不同。故事中,玛丽安为自己的感性冲动付出了代价,导致了她的情感受挫,当韦勒比为了财富而移情别恋时,玛丽安备受打击。

不过感性也有好处,它使人随时保持一种鲜活的状态。在经历挫折之后,玛丽安的感性使她很快调整过来,她又活泼起来,同时也变得更有魅力。感性的激情有时能够冲破世俗的束缚,实现一种超越,理智的情感则能使人获得一种长久性和连续性。

在人类生活中,尤其是女性,不必将感性视为一种烦恼或缺陷,人的自我压力有时就源于自认为在感性和理性之中只能择其一而处之,其实并非如此。人一辈子就是要感情充沛,把生命从里到外地活通透。并不是所有的问题都能用理智理解并解决。作家毛姆在《月亮与六便士》中说"感情有理智所根本不能理解的理由",实际上也就是这个意思,理智不能解释所有,相反有时是情感引领着人走向问题的真正答案。世界并不完美,有时候看似合理的事物,实际上是非常不合理的,有时候过度的理智会使人在无形中被社会同化,被他人改变,在无意识中将自己活泼的生命与新鲜的念头,限定在标准化的格式里。

另一方面,理性的能力可以让我们把握事物的真实价值,有些事物看似诱人,但实际上它可能是瞬间的幻象,所以人需要智慧来判断,理性从某种意义上需要智慧来支撑。

在《理智与情感》中,有位上校一直爱着玛丽安,尽管最初玛丽安认为他不够英俊,而且还有点老,但在最危难的时刻,正是这位上校给了她真挚的呵护。上校对她一往情深,虽然上校本身不是贵族,但他有贵族的气质,他知道玛丽安爱上的韦勒比人品不佳,但他不想点明,让玛丽安误认为自己是为了私欲,所以他一直很克制自己的感情。后来在玛丽安经历了感情的打击后,他向玛丽安表明了心意,玛丽安此时才真正认识到此前的自己被直觉化、激情化的想法遮蔽了双眼。

感性实际是我们的生命本性,是那些我们难以割舍的本能情感。一个保持真性情的人,在现实生活中可能会经历很多痛苦与挫折,甚至是幻灭性的打击。

纵观历史，社会中一直存在现实主义和浪漫主义、自由主义和保守主义这样的两极对立。而一个完整的人生应该是多方面都要体验的。

对年轻人来说，在我们今天所处的时代，明确自己的感性基础是什么至关重要，我们应当多思、多想、多阅读、多游历、多去体会，丰富我们的人生。每个人的激情瞬间源自本能，但释放出来的情绪确实是各不相同的。

在美国小说《革命之路》中，主人公弗兰克其实是一个很没有内涵的人，但是爱波第一眼看到他就觉得他与众不同，弗兰克身上的不确定性吸引了爱波。弗兰克用很抒情的语言来回答爱波的问题，爱波认为他浪漫至极，他言辞之间的表达也富有诗意。但这一切最终被证明是一场幻觉，爱波最后在悲惨中去世。

生活中是讲究直觉的，但直觉的质量因人而异，一个人的人生阅历、人生积累、对世事的洞察能力，能为其瞬间的直觉带来加持，这个特别重要。其实理性和感性是互补的，没有感性的理性是空洞的，没有感性积累的理性是贫瘠的、冰冷的。理性思维并非万能，如果理性脱离了感性的滋养，它可能会变得冷漠和机械，缺乏对人性的关怀和对社会现象的深刻理解。

历史上，很多革命家用乌托邦理想（即所谓"理性推导"）来统摄一切，酿成了很多悲剧。柬埔寨波尔布特政权下的屠杀场和集中营，就是对此的残酷讽刺，正是因为这种极端理性主义忽视了人的情感和道德，从而导致了灾难性的后果。

我们应该如何看待负面情绪？

负面情绪尽管常被视为不良情绪，但它也是人们情感的一部分，它为我们的生命体验提供了一种平衡，允许我们在压力下寻找释放的出口。一直正面的状态对人来说往往有一种勉为其难之力，很难支撑出持续的积极性和正能量。所以人生需要一点儿负面的宣泄，偶尔失控、暴躁、发怒等，可以让自己体会到释放内心深处积压情绪的快感。

弗洛伊德在其著作中强调了压抑形成的原因。他认为现代人都是神经官能症患者，从原始的本我开始，都有压抑的情绪。这种压抑情绪需要释放出来。负面情绪虽然在体验上可能显得真实而强烈，但它们也具备促进自我修复和成长的功能。对负面情绪我们不必有负罪感，或者觉得惭愧，不用像修道院里因自惭而痛苦忏悔的人一样，我们应该正视自己的负面情绪。

一方面，负面情绪的表现常与我们的日常生活息息相关。比如，我认识一位女学生，周围人觉得她总是拒人于千里之外，走到哪里都是一副端着、装着的高冷模样，所以都不愿意跟她亲近。后来有一次她过生日，其男友说好7点来送花，但直到9点半都没来。这个女生一直在宿舍等着，后来就抑制不住地号啕大哭。这一刻大家反而觉得她很可爱，认为她是个真实的人。通过这么一个情绪爆发的小插曲，她跟大家的关系亲近了许多。所以说负面情绪是我们真实生命的一部分，不必刻意去回避它。

另一方面，负面情绪的表现与人们的社会关系有关。人们常在自己特别知心、亲密的朋友或家人面前，表现得更"负面"一些。因为越是亲密的人，越容易接受有真实情绪反应的你。

负面情绪也分善意的和恶意的，如果是恶意的负面情绪一定要控制。恶意的负面情绪往往源自内心深处的专制性、唯我性。拥有恶意负面情绪的人往往以自我为中心，埋怨世界为何不能实现自己的愿望，他人为何不能按照自己的想法做事，导致他们对这个世界充满了一种不间断的戾气。在面对负面情绪时，我们要深深地沉淀、反思一下自我：自己到底为什么会有这种情绪和行为？追根溯源，判断到底是自己的性格不健全，还是其他原因。理解情绪的根源，才能不断完善自己。

在18—19世纪的英国社会，"教养方式"被高度重视，人们注重细节，连说话都很文雅。维多利亚时期的社交场合，大家说的话普遍经过深思熟虑的梳理。比如"狗"这个字不能直接说，因为这个字眼被认为比较粗俗，要用"人类的朋友"来代替。大家的言谈举止都充满了这种腔调。约翰·福尔斯在《法国中尉的女人》中就点明这个时代的人普遍显得有些病态和虚伪。在维多利亚时期的清教主义氛围下，人人都装模作样。这不仅体现在言谈举止上，也反映在当时的服饰上。维多利亚时期,长裙成为流行的服饰,那些追求所谓优雅和高贵的人更是钟爱长裙,束腰也成为当时的时尚。刚开始大家以鲸鱼骨头做裙撑,后来用金属裙撑,用裙撑将裙子撑起,以维持所谓的优雅身形。事实上,这样的穿着方式非常不舒服。

维多利亚时期,人们表面上过分追求的端庄、优雅,反映了他们潜在的一种沉沦——许多欲望和真情实感被隐而不见。就如弗洛伊德所描述的那样,压制的创伤,就像无数随时可能爆发的火山。这一时期,英国社会经历了显著的工业化和城市化进程,社会道德和价值观也发生了重大转变。在这一背景下,英国妓院的数量急剧增加,甚至有数据统计,当时的英国每3000个人就能拥有一家妓院。当时的英国社会普遍推崇端庄、克制和道德纯洁的形象,这种价值观在公共生活中得到了广泛的宣扬。然而,妓院数量的激增却揭示了一个截然不同的社会现实:在表面的道德装饰性背后,人们对于本能欲望的追求并未减弱,反而在某种程度上变得更加强烈。

与这种过分追求教养和完美（至少是表面上）的文化相对比，近代的文化和艺术则更多地体现了感性的释放。无论是迷惘的一代、垮掉的一代，还是嬉皮士时代等，人们都试图打破传统的束缚，追求真实的自我表达。

对于自己的负面情绪，个人要有一定的认识和反思。如果一个人完全没有负面情绪的输出，也是件很糟糕的事情。负面情绪的疏解是认识自我、认识社会的一种途径。当一个人有负面情绪时，大家如何对待他，他和社会群体间的关系如何，都可以作为一种检测。

我们一定要善于把负面情绪看作一种积极的能量来认识，而不是压力或负担。凡是没有负面情绪的人都被束控在某种完美主义里，而这种完美主义有时会误导我们的人生。有一定程度的负面情绪正意味着我们的心理是健康的，是有着正常的感知力的。

亨利·詹姆斯的小说《一位女士的画像》中的伊莎贝尔·阿切尔就是一个典型的例子。她以欧洲贵族的优雅文化为衡量标准，处处表现出极高的自我要求。在她获得5万美元的遗产，想要构建理想生活的时候，按照她的标准，她要去欧洲寻找一位精致且有贵族血统的男人。结果伊莎贝尔的人生陷入灾难，因为对方是一个看上去很精致，实际上头脑空空、善于伪装的人。

每个充实的人，他丰富的人生都是历尽苦难和沧桑的，有丰富的感情，有喜怒哀乐的情绪表达，就像自然界中既有太阳的光辉普照，也有幽深的暗夜一样，这才是一个真实的世界，而人有两面情绪才是一个真实完整的生命。

极端的感性在现实中一定会引发悲剧吗?

安娜·卡列尼娜被认为是一个感性的人,托尔斯泰在塑造安娜这一人物形象的时候,是有一个变化过程的。小说《安娜·卡列尼娜》的前半部分,托尔斯泰对安娜充满了赞美之情,毕竟在当时的贵族社会中她是一个例外,她所拥有的真挚情感,让她显得格外与众不同。

随着故事的发展,托尔斯泰逐渐意识到,在这个世界上最积极、最踏实、最可靠且富有生命感的是列文这样的人。列文热爱土地、热爱劳动,对身边的人极具责任感。这个时候,作者对比安娜和渥伦斯基的所作所为，认为安娜有点儿太过于自我，她以自我为中心的生活方式，对她的家人造成了伤害，她好像无法处理更复杂的情感关系和伦理关系，尽管安娜本人善于与人相处，但她又解决不了超越爱本身的更大的人生境界问题。最终，她只能走向铁轨，选择结束自己的生命。

每个人都有自己的"天命"，有些人天生就拥有感性的特质，这种感性也是人类文化保护的一部分，比如追求浪漫主义、享受在路上的状态，等等。但关键在于，我们要对自己的选择负责，要感性就感性到底，并接受感性带来的一切。就像安娜一样，她选择了感性地、不顾一切地追求自己的爱情，即便有悲痛和失望也要一直走下去。如果我们选择乐观主义，那就要坚持乐观主义，选择悲观主义就坚持悲观主义，这样才能体会到生活的纵深感。

西西弗斯面对反复滚落的石头，他会一次又一次地将其推上去，尼采认为这才是真正的人的精神。如果换成其他任何一种动物，在尝试了几次而没有成功后，很可能早就放弃了。所以，这个世界上，只有人才能做到超越原来的自己。

　　凡人、俗常的人，有其激情的一面，但他可能只能走到某个程度，走到生命的某个阶段便停下来了。生命的意义并不在于我们活多久，而在于我们对自己的探索有多深，很多人的生命在到达某个阶段后就结束了，甚至在很年轻的时候就停止了探索的步伐，剩下的岁月只是时间的延续与重复，他不再有心灵上的深入。当然，即使如此，这样的生命也是值得珍惜的。那么，当一个人愿意探索自我时，就更为珍贵了。

文学中打动人心的"感性"爱情是怎样的？

文学作品《圣殿下的私语》中阿伯拉尔和爱洛依丝的爱情让我特别有感触。爱洛依丝是一个十五六岁的少女，阿伯拉尔是一个30多岁、声名显赫的神父。爱洛依丝的叔叔将她送到阿伯拉尔门下学习神学，没想到两个人日久生情。爱洛依丝的叔叔知道后愤怒不已，因为阿伯拉尔已有家室。后来爱洛依丝的叔叔要求阿伯拉尔离婚，并与爱洛依丝结婚，阿伯拉尔也完全同意。但因为涉及财产，阿伯拉尔的离婚过程并不顺利，离婚这件事也一再拖延。爱洛依丝的叔叔认为阿伯拉尔故意欺骗，于是某天晚上带着几个人摸到阿伯拉尔的住处，将他阉割了。阿伯拉尔从自身理性的认识出发，认为这是上帝对他的惩罚，并在余生中全心全意投身到神学和宗教研究中，成了一位杰出的神学家。

爱洛依丝后来也进入了修道院，与阿伯拉尔的事对她造成的伤害很大。过了几年，她与阿伯拉尔重新取得了联系。他们之间的书信往来，我读得特别感动。爱洛依丝的信中充满了对阿伯拉尔深切的思念，但是阿伯拉尔的回信比较冷静，甚至有点儿严肃，他说我们要信奉上帝，要把自己的全部奉献给神圣的信仰。这些书信后来被编纂成册，名为《圣殿下的私语》。从两个人的通信中可以看出，尽管爱洛依丝成了修道院的一名修女，但她与阿伯拉尔的那段感情经历让她难以忘怀，情感的挣扎让她犹如置身于祭坛。相比于阿伯拉尔的冷酷，爱洛依丝在遭受情感重创后仍然表现出对阿伯拉尔的深情和长情，让人很受感动。这也体现出男女在对待感情时的大不相同。

毛姆的小说《面纱》中的女主人公凯蒂，也是感性的化身。她爱上了香港助理布政司查理,一个典型的功利主义者,擅长诱惑女性,却又不珍惜真情。凯蒂把他当作真爱,虽然对方已经结婚,但她还是无法抑制对爱的渴望。来到"湄潭府"后,她发现丈夫身上的献身精神,又慢慢在心里爱上他。书中有意思的一点是,当凯蒂的丈夫死去,她回到香港,面对曾经的情人查理时,她又被勾引,陷入情不自禁的情感中。但后来她又意识到自己其实并不爱这个男人。凯蒂一生都在寻找一种真情,她年轻的时候对爱情很迷茫,受母亲的影响,她内心深处的那份浪漫情怀主导她追求所爱,但也使她无法拥有一种世俗意义上的安顿,这一点让我印象深刻。人生总是被重重叠叠的面纱笼罩,我们在探索世界时,内心深处总有一份难以放弃的渴望。看世界时想要揭开这层层面纱,并非易事,这种自我分裂的冲突在小说中尤为激烈。

另一部我非常喜欢的作品是《呼啸山庄》。女主人公凯瑟琳从小与父亲收养的孤儿希斯克利夫一起玩闹、一起长大,后来生出情愫。他们都热爱原野,喜欢在山冈上奔跑。然而,当凯瑟琳面临婚姻选择时,她不得不考虑阶级身份、社会地位和财力等因素,这使她的选择在情感与现实之间不断摇摆。最终,她答应了埃德加的求婚。但婚后她仍然无法忘记对希斯克利夫的爱,最终在悲苦郁结中离世。在19世纪那个艰难的时代背景下,凯瑟琳承受着巨大的心理压力,但她内心深处对希斯克利夫的深情始终未曾泯灭。

艾米莉·勃朗特——《呼啸山庄》的作者,她本人也是一个崇尚精神自由的人。她最大的爱好就是在草坪里、山冈上狂奔。除了写小说,她还是一位诗人,在只有短短30年的生命中,她写了近200首诗。她用写诗的方法来写小说,且只写了这一部小说作品,但她就把凯瑟琳作为女性内心深处燃烧的东西——就像原野上盛开的野花一样的本质性色彩——写出来了。

在探讨现代生活的恋爱观念时,我们不难发现一个现象:性别特征在爱情关系中的逐渐模糊化。这种现象被称为"不男不女",它不是指生理上的性别界限,而是指在情感交流和伴侣选择中,大家越来越注重诸如学历、背景、收入和职业前景等客观条件，而不是传统意义上的身份、财富、地位等。真正的爱情也应当超越这些外在条件的束缚，而触及灵魂深处的共鸣和理解。

《呼啸山庄》中凯瑟琳的形象不仅具有传统女性的柔情与细腻，同时也有强烈的个性和对自由的渴望。这种复杂而真实的人物塑造，让我们看到了爱情中的多样性和丰富性。

i人和e人分析，是新型的迷信还是流行文化？

关于性格分析理论，历史由来已久。在我国上古时期就有伏羲画卦解释万物变化规律、天人合一的奥秘。漫长的古代社会，除了观察天象，以及用各种物品（如龟甲、蓍草等）占卜外，还衍生出了相关行业，如所谓的算命大师，从风水、面相、手相、生辰八字等各个方面去分析人的性格、经历、运势等。西方也不例外。西方的人格分析理论非常丰富，如弗洛伊德的精神分析理论、冯特的实验心理学、荣格的八种心理类型等。

其实无论是中国还是西方，是基于经验还是实验，人格分析的内核都是一样的。因为很多东西看上去好像很准,但实际上那些不过是人类命运和社会发展中共同的处境问题,放在任何人身上都适用,就像包治百病的灵丹妙药一样。但我们大可不必将其当作迷信,也不用过于在意根据这些人格分析理论得出的结论;我们更需要在意的是对自我如何认识,如何在与他人的关系里找到相互之间的属性的问题。

以前,人从乡村出来,从农业社会中出来,尤其在计划经济时代,人是被简单分类的。但是今天我们面临一种社交困境,就是在人员大流动的情况下,人与人之间是陌生的。在这样的前提下,我们互相交往的时候,如何认识自己的性格、人格,或者说一种精神结构,并在复杂性里找到一种简单的对接,是件比较麻烦的事。现在的人,尤其是年轻人,都有点"斜杠"属性在身上,跟这个匹配,又好像跟那个匹配,每一种分析都有可能把你套进去。从哲学意义上说,人是最希望理解自己的存在的,人的内在有一种原始动力,想要去追寻"我是谁"的问题。但在社会转型的这个时期，人的身份焦虑、价值焦虑是最大的，所以这时候大家可能就需要有这些东西来给自己"验明正身"，寻得一种相互的归属。

另外，这种现象还存在一种语言连接问题。比如，我在上海见识了很多高中生，他们每天晚上一定要进班级群，看看大家都在说什么，要不然第二天到学校彼此间的话语就连接不上了。将自己划归为i人或e人阵营，这也是一种话语的公共连接方式。它有某种借代性，就是通过这种方式，人和人之间的语言就脱离了我们原来那个大的语言系统，文化变迁的时候，青年文化里就有了一种属于自己的相识、辨认系统。换了一代，就未必能听懂这样一种对接的语言。

这种划分也反映了我们从传统社会中依靠乡情的地域连接，逐渐转向更具流动性的社会连接，人和人之间也会建构出一种新的、相互的、小小的分群。

中国社会接下来的一个重要任务是圈层建设，主要是文化圈层。现代文化圈层方面我们做得还远远不够，整个社会缺乏社会性发展的文化基础。社会性发展其实就是不同文化来源、文化属性的人，形成自己的内生、内发展，有自己的内调节。大家都身处一个差异性社会里，社会流动的时候到处存在差异，但是大家在一种共同语言构造里又有一个小的内在结构，如此，人获得某种依托，获得某种意图，在这个碎片化结构里就有某种建构和努力，从这个方面而言，大家对这类性格分析的热衷便具有某种亚文化的气质，但它又不是真正的亚文化。时代在变化的时候，我觉得这是个过渡性的现象。

你真的理解亚文化吗？

亚文化有多种内容和形式，诸如涂鸦、摇滚、街舞、朋克装扮等。亚文化衍生于一种具体的文化环境、社会环境，对应于某种生存法则。涂鸦最初是青年在地铁的车厢上作画，借地铁传播艺术，绘画在视觉上很鲜明、很有冲击感，然后风靡西方各大城市。本质上，涂鸦这种亚文化有一种青年文化的气质在，表达出青年对世界各种各样的态度。

遥想20世纪五六十年代英国的摇滚乐，当时它在全球的影响力不容小觑。摇滚跟反战结合在一起，跟青年叛逆性的特质连接在一起，又跟舞蹈连接在一起，等等。我们今天的亚文化是混沌的。比如说某歌手组合在西安举办演唱会,有的人花几十万去买一张门票,有这么大激情买票的人,真的就明白这种流行音乐吗?亚文化其实就是青年的分群,但文化的内核不可或缺。

如果你喜欢街舞文化,可以喜欢得更深入一些。街舞的历史起源是怎样的,跟黑人文化有什么关系,街舞历史上出现了哪些重要的人物、重要的事件、重要的地方,等等,你都可以进一步了解。有很多黑人喜欢在美国纽约市公共图书馆前跳舞,因为那个地方宽敞,他们能非常自在地表达自己。所有的亚文化里都内含一种系统性。我们的青年文化也需要有这种系统性,就是我知道我在干什么,我还知道我怎么能更好地去体悟这个事物,知道怎么将自我与它融合,这样就非常好。这是自我特性与亚文化的连接,在青年时期有亚文化的支持,能推动激情的释放,那么青年就有了对生命的深切理解。

哈佛大学非常鼓励刚入学的新生加入学校的各种社团,而且鼓励学生在不同的学期加入不同的社团,让学生学会在多元性里认识不同的价值。即便对社团群体有一种抗拒性,你也要加入,努力地从他人身上获得多元性的、差异性的一种自我的扩大。我也鼓励青年要在不同的亚文化里沉浸,在多样性里不断地获得生命的体验。

对亚文化我们还应该有一个清醒的认识,中国也有亚文化圈层,有些外国的亚文化并不适用于我们。比如说一战之后巴黎画派的莫迪利亚尼这些艺术圈的人,他们有卓越的艺术才华,但是他们吸毒、泛性,有各种各样的亚文化行为。这在我们传统文化里是有障碍的,所以中国的亚文化必然跟国外的亚文化不一样。青年文化必然有它自身的某一特点,我们不能原样复制过来,复制过来也必然走不通,不然就会造成社会紧张、代际对立,形成各种问题。这也从一个侧面说明我们在亚文化层面有很大的探索余地。

比如"在路上"这种汽车文化,国外有,我们当然也可以吸收它很多好的部分,比如说汽车电影。青年男女约会,坐在汽车里,观看面前巨大的银幕,多么欢乐。在路上,年轻人会遇见形形色色的人,转换各种新奇的心情,而我们为年轻人这种探求新奇心情的行为服务,这都是很有意思、值得去探索的事。

小镇做题家的理想与现实是怎样的?

"小镇做题家"这一网络流行语,通常是指来自中国小城镇或农村地区通过受教育机会而改变命运的人,他们是社会发展中不容忽视的存在。对于许多普通年轻人而言,由于向上流社会流动的途径相对有限,高考成了他们改变未来命运的关键途径之一。这造成了应试教育以高考为导向,导致许多年轻人成了所谓的"单向度的人"。拥有一门技能或者在某个领域有其所长,但除此之外几乎一无所知。

现代优质大学致力于通过多元化的课程设置、丰富的课外活动、国际化的教育环境以及实践性学习机会,来培养学生全面的素养和能力。全面发展的人也是对自然有热爱、对全人类有宽广爱心、对艺术和自由等有追求的人。而早期的大学多为神学院、文学院,兼有少数的逻辑学科,工科、理科学院也是后来才出现的。

当年哈佛大学要开办医学院、商学院时,遭遇了不少反对的声音,因为人们认为哈佛应当是培养高端人才的地方,而设立技术学科则被视为培养打工者。

随着现代工业化和商业化的蓬勃发展,工业技术成为人们获得生活资源的主要途径。当前我国大学里的理工科生占了一多半,这导致了人们思维方式的技术化:似乎只关注技术本身和所谓的专业性,而忽视了这些技术的价值落点在哪里,它对人类社会的终极价值在哪里。人们对价值的思考越来越少,也就产生了一个很残酷的想法,认为只有把别人比下去,出人头地,做人上人,我们才能获得自己的价值。在这种情况下,涌现出的小镇做题家就很"单面"。

从科学视角来看,科学解答了"是什么"的问题,而人文学科则探讨"为什么"。当前，我们许多年轻人在探索"为什么"这一层面上所做的工作显得尤为不足。

我有一位研究生，成绩优异，从本科保送读研。本科毕业之际，她的导师与她有一次深谈。老师问她：16岁进校，一直学业优秀，保送读研，但有没有思考过自己是否热爱所学的领域，是否愿意将之作为一生的追求？如果再有一次选择，是否会继续现在这条路？老师还提醒说，尽管她是高考体系的优胜者，但并不代表她未来一定能成为人上人。我觉得这位老师说得非常好。

我一直倡导将最优秀的师资力量投入到小学教育中，为孩子们提供多元且具有人文关怀的教育。我曾深入日本小学做调查研究，发现日本小学重视美术、体育等，他们觉得儿童最重要的就是童心，所以要培养孩子的审美能力，要确保他们的身心健康等。他们对待特殊儿童的方式也很感人。比如有智力障碍的儿童除了少数课程是单独学习，大部分课程都是和普通班级学生一起上的。智力障碍儿童来到班上,老师和学生都会热情地站起来,真诚地欢迎,让特殊儿童有一种很温暖的感觉。

"小镇做题家"现象的出现,跟我们的教育体系只关注成绩而忽略学生的全面发展有关,也有部分原因是乡村资源的匮乏和人文环境的不足。我曾参与过一次中小学语文教材的改革工作,经过讨论,我们认为有的课文一定要替换,比如讲牺牲精神的。对于孩子们来说,最重要的教育是培养他们热爱生命的信念,而牺牲精神是将来的公民教育要传授的。

我们一定要放大类似《司马光砸缸》这样的课文的比重,小主人公既聪明又有智慧。而像《凿壁借光》这样的课文,一定要有双面性的呈现。匡衡小时候学习很刻苦,但是当了官以后肆意妄为,贪得无厌。这说明当一个人没有方向,只知道做人上人,没有建立自己对天下的道义感时,就很容易走歪路。但我们现在的课本里只讲述匡衡的勤奋苦学,学生根本不知道匡衡后面的经历。小孩子最初接触的东西会影响他们一辈子的认知,所以越是低学龄阶段的孩子,越需要有宽阔视野和丰富学识的人来指导他们,成为他们的老师。

在我国,优质教育资源往往集中在大城市。在编教材的过程中,我们提出要加强人文性,而要减少只有唯一答案的语文性,避免思维僵化。教育部也提出了一个有启发性的意见,他们认为这个扩大人文性的意见非常好,但不能把中心放到人文性上。问题在于,我国县级以下的小学和初中教师在教学水平、教学经验、教育知识和对世界的理解上存在巨大的差异。人文主义教育一定是需要教师有对世界的理解,能根据经验教学有自己的发挥,而不是千篇一律、千人一面。如果教师没有这样的水准,教育就容易混乱。

这种情况让人联想到当年欧洲没有印刷本《圣经》的时候,各地的神父在布道时随意发挥,导致民众认知体系混乱。考虑到这一点,语文性教育的提炼,至少提供了一个基本标准。

当然,这也是我们接下来面对的挑战——"小镇做题家"什么时候能在乡村、在小城市获得比较好的人文滋养？有研究表明，孩子在婴幼儿时期形成的心理特质、人格属性，将贯穿其整个人生。这意味着一个人的欲望、对世界的向往在童年时期就形成了。小时候没有得到丰富的人文滋养，长大后进入职场就可能会变成非常物质的人，缺乏一种对生命广大的、深刻的理解，追求的是千人一面的东西，导致内卷，即大家都在争夺那一点儿有限的资源。归根到底，这样的模式导致了"失败者社会"，因为真正优胜的只有极少数人，大部分人都感觉自己是被时代抛弃的失败者。我们今天的"丧"文化也与此息息相关。

附录
我们何以不同：52个生活之问
梁永安答

Q1：怎样才能少熬夜？

A1：不可能。但要想到一天之计在于晨，人生不能不看到早上最新鲜的阳光。

Q2：如何变得简单？

A2：早一点儿明白自己是什么样的人。偏传统还是偏现代？偏安定还是偏远行？做自己。

Q3：为什么有的人会内耗？

A3：这类人可能总是太追求完美。

Q4：什么是孤独？

A4：孤独是不知道自己应该做什么，永远是一叶浮萍。

Q5：什么样的人算是聪明人？
A5：有各式各样的聪明人，但聪明人不是智慧的人。聪明人没有多元多维的价值观，但懂得如何跟随众人追求同样的目标，更懂得如何把自己的资源和天分发挥到极致。

Q6：哪些事情很简单，但很多人都做不到？
A6：很多人做不到的事情是将生活极简化，因为欲望太多。

Q7：您收到过哪些改变人生的建议？
A7：从来没有收到过这样的建议，尽管建议很多。

Q8：一段关系结束前，会有什么征兆？
A8：最大的征兆是在一起时有时感到快乐，但感受不到幸福。

Q9：原谅是一种"圣母行为"吗？
A9：原谅是一种复杂的行为，可能因为太弱，也可能因为太强。

Q10：自信和自恋有什么区别？
A10：这两者之间的区别实在太大了。自信深处是一种优美的谦卑，而自恋深处是一种盲目。

Q11：如何接受别人的离开？
A11：别人离开是他的选择，可能是他的幸福，也可能是他的不幸。而对自己来说，能微笑着目送他远去，祝他安好，也是自己的一种力量。

Q12：如何过一种更轻松的生活？

A12：轻松的生活是一种广阔的生活。不管遇到什么障碍，都知道这个世界东方不亮西方亮。

Q13：哪些能力会让自己更具竞争力？

A13：在社会生存中，既能身在其中，又能身在其外。

Q14：有哪些增加魅力的方法？

A14：多读书，让眼神有光。

Q15：对二三十岁的年轻人有什么建议？

A15：不要怕走错路，要知道人生最大的错是一辈子从不犯错。

Q16：一个人成熟的最重要的标志是什么？

A16：知道这个世界上不仅仅有自己，而且还活着无数的人，明白很多人活得比自己难。

Q17：如何判断自己做的决定对不对？

A17：永远不要去想自己的决定对不对，直觉与行动是最重要的，过程会告诉你对不对。

Q18：做一件事有没有最完美的时刻？

A18：最完美的时刻，是知道自己永远不会达到完美。能接受一切不完美的那一瞬，就是最完美的时刻。

Q19：为什么很多人宁可痛苦，也不改变？
A19：疼痛使一部分人麻木，也使一部分人觉醒。放弃痛苦做出改变，是某些人永远也不可能达到的境界。

Q20：人在低落的时候能做的最好的事是什么？
A20：能做的最好的事情就是顺其自然不断地低落，把负能量都释放完毕；前提是不要害人、害己。

Q21：行动即是答案吗？
A21：行动永远不是答案，因为它在不断地改变。

Q22：谈谈情绪价值？
A22：情绪最大的价值，就是积累出对生活的深度认识，不断克服没有价值的情绪。

Q23：怎么看待很多专家明明只擅长自己所在的领域，偏偏在自己不擅长的领域给出建议？
A23：因为这些专家有公民意识，他不但要做自己的专业，而且也关心整个社会的生活。

Q24：怎么看坐而论道不如起而行之？
A24：没有坐而论道，就没有起而行之。

Q25：如何接受平凡的自己？
A25：永远不要接受平凡的自己。因为你内心深处有不平凡的一面，这就是和别人不同的那一面。要去认识它，而不是接受自己的平庸。

Q26：如何接受昔日好友的优秀与自己落后的落差？

A26：昔日好友固然优秀，但你自己也很优秀，只不过是优秀的形态不一样。接受别人的优秀也尊重自己的优秀就好了。

Q27：为什么有些人总是在伤害其他人，以谋取利益？

A27：这是一个伪问题，因为也有很多人在帮助他人，而不是谋取私利。

Q28：躺平算是不是没有责任心的表现？

A28：有的躺平是批判性的，是对僵硬生活的对抗，就像古希腊哲学家犬儒主义者第欧根尼，躺在酒桶里晒太阳。

Q29：您认为什么是当代中国青年该有的人生态度？

A29：以天真和真心去面对生活吧。

Q30：如何能在复杂的日常中让自己心绪沉稳？

A30：如果总是沉陷在繁杂的日常中，人永远不可能沉稳。生活的一地鸡毛，一定会让人不断产生杂七杂八的心情。

Q31：谈谈成人道路上的转变？

A31：世界上只有两种人，一种人一生中有决定性的转变，一种人永远没有。这两种人各有各的快乐，不存在鄙视链。

Q32：这一代青年的共同特点是什么？

A32：这一代青年对生活更有自己的选择，更维护自己的个性。

Q33：人要为了大众眼中所谓的优秀品质而改变自己吗？

A33：永远不要为了获得大众夸赞而去改变自己。人还是需要自我超越，将自己的潜能释放出来，成为"你之所是"。

Q34：青年应该如何适应从校园到社会的变化？

A34：要把人生看成两个阶段：一个是在校园中学习，一个是在社会中学习，把这两个阶段看成自己的成长之路，就可以保持明亮的心态。

Q35：怎么看待现在的副业现象？

A35：一个人身上有很多的可能性，在今天这样一个多元化的时代，人们都想做点儿最新鲜的事儿。这是一件很好的事情，因为一个人只有通过尝试，才能不断地了解自己。当今很多人表面上只做"主业"，实际上他们所做的"主业"是谋生手段，是无奈之选，从根本上说是他们人生的副业。不少人不知道自己的主业在哪里，所以去尝试副业，实际上可以说他们是在探寻自己的生命价值，寻找自己真正的主业。

Q36：所有的人都可以原谅吗？

A36：所有的人都可以原谅，但是罪恶的人只能原谅一次。

Q37：如何减轻内耗？

A37：尝试做一个单纯的人，要明白自己不是万能的。

Q38：为何总对未来迷茫，感觉自己学无所长？

A38：有这样的感觉真是一件很好的事情，说明知道自己的有限，保持了未来的不确定性。

Q39：怎样将目光由外部转向自己，探寻自我价值？

A39：一个人一定要把探寻世界和探寻自己结合起来，绝不能仅仅关注自己。

Q40："985学生"和"二本学生"各有各的焦虑，他们各自的焦虑是什么？

A40：这个问题太复杂，唯一可以确定的是：总的来说，"二本学生"有更复杂多元的校园环境，如果能够从形形色色的同学中吸收多方面的文化，那他会比"985学生"有丰富的人生积累。

Q41："这个世界很荒谬，所以我活得很虚无。"如何看待这种心态？

A41：这个世界一点儿也不荒谬，只是从人类有限的能力看，这世界显露出失控的荒诞。

Q42：我们生活中有很多人为的苦，没有吃过必要的苦，就真的不能成才？

A42：其实苦与乐都是相对的。有时候顺利是一种更深的苦，而经历的苦可能是一种潜在的幸福，因为它给了你坚韧的力量，撑起了后来的人生。

Q43：我要跟原生家庭和解吗？我要跟这个世界和解吗？

A43：这是一个特别复杂的问题，不能三言两语回答。在我们今天的转型社会，也许不和解更能深刻地展示自己、理解对方。

Q44：为什么我们爱的能力进化得这么难？

A44：人类爱的能力实际上已经有了极大的进步，最根本的体现，就是我们今天对于弱者的扶助，全球公益事业有了前所未有的发展。

Q45：作为公民，我们国家年轻人的公益之心有多大？社会责任感和公益的缺失，对个体、对社会又有怎样的影响？

A45：这个问题无法准确地回答，因为我们的社会学还缺乏这方面的大规模抽样调查，尤其缺乏社会统计学的知识。

Q46：什么是批判精神？

A46：批判精神，就是推翻一切盲目的崇拜，学会运用理性和智性。

Q47：优秀的人的特质是什么？

A47：优秀的人的特质，是从心里明白自己不优秀。

Q48：如何摆脱人生的虚无主义？

A48：摆脱虚无主义，最关键的一步是知道自己并不虚无，而是渴求太多，但得不到。

Q49：为什么总有人把无知当个性？

A49：这太正常了，因为这样的人对"什么是个性"一无所知。

Q50：为什么感觉男人从来不懂女人的心？

A50：因为有这种感觉的人从来不懂男人的心。

Q51：卷得不用心、躺得不踏实是一种落后吗？

A51：是落后还是进取，是消耗还是默默地丰富自己，你心自知。

Q52：在新旧之间的冲撞里，女性何以不同？

A52：这是一个双面看的问题：第一，在成长的基础上，女性与男性错位发挥，女性以自然哲学、过程哲学为基点，建设自身的生命逻辑，与男性一起，创造人类文明新格局；第二，无论男性、女性，在新的转型时期，都应该放下性别差异，每个女性作为独立个体，都把"成长"放在第一位，从"现代人"的普遍价值观出发，不断学习与打开，真正做到不依赖、不畏难，精神独立，内心充实，成为"你之所是"。

不确定的世界,如何成为「你之所是」?